英語輕鬆學

Speak English Like a Native: Pronunciation

學好 KK 音標

就靠這本！

Preface 序

　　《英語輕鬆學：學好 KK 音標就靠這本！》是專為渴望學好正確美語發音又不得其門而入的學習者所打造的。全程由專業美籍老師示範發音。對犯有下列發音錯誤而不自知的朋友而言，本教材絕對是您的不二選擇。

錯誤範例：

▌字母：❶ 將 C 唸成『夕』或『ㄒㄧˋ』；

　　　　❷ 將 G 唸成『巨』或『ㄐㄩˋ』；

　　　　❸ 將 N 唸成『恩』或『ㄣ』；

　　　　❹ 將 W 唸成『打不溜』或『ㄉㄚˇ ㄅㄨˋ ㄌㄧㄡ』。

▌音標：❶ 將 [aʊ] 唸成『傲』或『ㄠˋ』；

　　　　❷ 將 [ɪ] 唸成短促的『意』或『ㄧˋ』；

　　　　❸ 將 little 唸成『ㄌㄧ ㄊㄡˇ』；

　　　　❹ 將 local 唸成『漏口』或『ㄌㄡ ㄎㄡˇ』。

　　以上錯誤及其他易犯的錯誤不勝枚舉，在本書中我們都會一一糾正並解說。只要跟著我們清晰的示範解說，您一定會有滿滿的收穫並練就一口標準又流利的美式發音。

　　我初學音標時犯過以上全部的錯誤。1967 年初，我在政戰學校念書，向父親借了一筆錢買了一部手提收音電唱機及一張 KK 音標教學的黑膠唱片，展開了自學音標的歷程。我憑藉著刻意模仿及重複跟讀，並把持下列三個基本態度，在短短三個月期間就把我初、高中六年都學不會的音標全部融會貫通！

📌 善用零星時間

利用白天課餘、晚自習時間，同學就寢之後，我再到教室開夜燈至 12 點，僅僅播放唱片並反覆回放跟讀。

📌 少就是多，慢就是快

學 KK 音標時，我每天只學兩個音標及練習有關單字或句子，24 天我就學了一輪，然後再從頭學習。由於我跟讀時要求自己的發音要完全跟唱片中的美籍老師一模一樣，我經常放慢速度模仿每個音標、單字及句子的發音不下百次，使我漸漸熟悉每個發音。

📌 持之以恆，永不放棄

學語言、發音或做任何事情，起頭都比較困難，所以容易半途而廢。要隨時提醒自己，絕對不能停止，堅持下去，慢慢就會喜歡上這件事情，進而樂在其中，這是成功的人經常採取的一個很重要的態度。

　　另外值得一提的是，為了讓讀者們能更了解發音的方法，我們特請美籍老師錄製發音短片，用三種不同的角度展示發音的嘴型，希望幫助讀者們把發音學得棒棒的！

祝大家學習成功！

Contents 目錄

Chapter 1 26 個字母的正確發音 ⋯⋯ 1

Chapter 2 母音的正確發音 ⋯⋯ 3

Unit 01 單母音 [i] ⋯⋯⋯⋯⋯⋯ 4

Unit 02 單母音 [ɪ] ⋯⋯⋯⋯⋯⋯ 6
◆ [i]、[ɪ] 的發音比較 ⋯⋯ 8

Unit 03 雙母音 [e] ⋯⋯⋯⋯⋯ 12

Unit 04 單母音 [ɛ] ⋯⋯⋯⋯⋯ 15
◆ [e]、[ɛ] 的發音比較 ⋯⋯ 17

Unit 05 單母音 [æ] ⋯⋯⋯⋯⋯ 18
◆ [ɛ]、[æ] 的發音比較 ⋯⋯ 20

Unit 06 單母音 [ɑ] ⋯⋯⋯⋯⋯ 21
◆ [æ]、[ɑ] 的發音比較 ⋯⋯ 23

Unit 07 雙母音 [ɑr] ⋯⋯⋯⋯⋯ 24

Unit 08 雙母音 [o] ⋯⋯⋯⋯⋯ 27
◆ [o]、[ɔ] 的發音比較 Part 1
⋯⋯⋯⋯⋯⋯⋯⋯⋯⋯⋯ 29

Unit 09 單母音 [ɔ] ⋯⋯⋯⋯⋯ 30
◆ [o]、[ɔ] 的發音比較 Part 2
⋯⋯⋯⋯⋯⋯⋯⋯⋯⋯⋯ 32

Unit 10 雙母音 [ɔɪ] ⋯⋯⋯⋯⋯ 33

Unit 11 雙母音 [ɔr] ⋯⋯⋯⋯⋯ 36

Unit 12 單母音 [u] ⋯⋯⋯⋯⋯ 39
◆ [u]、[ʊ] 的發音比較 Part 1
⋯⋯⋯⋯⋯⋯⋯⋯⋯⋯⋯ 41

Unit 13 單母音 [ʊ] ⋯⋯⋯⋯⋯ 42
◆ [u]、[ʊ] 的發音比較 Part 2
⋯⋯⋯⋯⋯⋯⋯⋯⋯⋯⋯ 44

Unit 14 雙母音 [ʊr] ⋯⋯⋯⋯⋯ 45
◆ [ɔr]、[ʊr] 的發音比較 ⋯ 47

Unit 15 單母音 [ʌ] ⋯⋯⋯⋯⋯ 48
◆ [ɑ]、[ʌ] 的發音比較 ⋯ 50

Unit 16 單母音 [ə] ⋯⋯⋯⋯⋯ 51

Unit 17 捲舌母音 [ɝ] ⋯⋯⋯⋯ 54

Unit 18 捲舌母音 [ɚ] ⋯⋯⋯⋯ 57

Unit 19 雙母音 [aɪ] ⋯⋯⋯⋯⋯ 60
◆ [æ]、[aɪ] 的發音比較 ⋯ 62

Unit 20 雙母音 [aʊ] ⋯⋯⋯⋯ 63

Unit 21 雙母音 (捲舌) [ɛr] ⋯⋯ 66

Unit 22 雙母音 (捲舌) [ɪr] ⋯⋯ 69
◆ [ɛr]、[ɪr] 的發音比較 ⋯ 70

Unit 23 雙母音 (不捲舌) [eɪ] ⋯⋯ 71

Unit 24 雙母音 (不捲舌) [iə] ⋯⋯ 72

Chapter 3 子音的正確發音 ⋯⋯ 75

Unit 01 無聲子音 [p] ⋯⋯⋯⋯ 76

Unit 02 有聲子音 [b] ⋯⋯⋯⋯ 79
◆ [p]、[b] 的發音比較 ⋯ 81

Unit 03 無聲子音 [t] ⋯⋯⋯⋯ 82

Unit 04 有聲子音 [d] ⋯⋯⋯⋯⋯ 85
◆ [t]、[d] 的發音比較 ⋯ 87

Unit 05 無聲子音 [k] ⋯⋯⋯⋯ 88

Unit 06 有聲子音 [g] ⋯⋯⋯⋯ 91
◆ [k]、[g] 的發音比較 ⋯ 93

Unit 07 無聲子音 [f] ⋯⋯⋯⋯ 94

Unit 08 有聲子音 [v] ⋯⋯⋯⋯ 97

Unit 09 無聲子音 [θ] ⋯⋯⋯⋯ 99

Unit 10 有聲子音 [ð] ⋯⋯⋯⋯ 101
◆ [θ]、[ð] 的發音比較 ⋯ 103

Unit 11 無聲子音 [s] ⋯⋯⋯⋯ 104
◆ [θ]、[s] 的發音比較 ⋯⋯⋯⋯⋯⋯⋯ 107~108

Unit 12 有聲子音 [z] ⋯⋯⋯⋯ 109
◆ [ð]、[z] 的發音比較 ⋯ 111
[s]、[z] 的發音比較 ⋯ 112

Unit 13 無聲子音 [ʃ] ⋯⋯⋯⋯ 113
◆ [s]、[ʃ] 的發音比較 ⋯ 115

Unit 14 有聲子音 [ʒ] ⋯⋯⋯⋯ 116

Unit 15 無聲子音 [tʃ] ⋯⋯⋯⋯ 119

Unit 16 有聲子音 [dʒ] ⋯⋯⋯⋯ 122
◆ [tʃ]、[dʒ] 的發音比較 124

Unit 17 有聲子音 [m] ⋯⋯⋯⋯ 125

Unit 18 有聲子音 [n] ⋯⋯⋯⋯ 127
◆ [m]、[n] 的發音比較
Part 1、Part 2 **129~130**

Unit 19 有聲子音 [ŋ] ⋯⋯⋯⋯ 131
◆ [ŋ]、[n] 的發音比較 ⋯ 133
[ŋɚ]、[ŋgɚ] 的發音比較 ⋯⋯⋯⋯⋯⋯⋯⋯ 134

Unit 20 有聲子音 [l] ⋯⋯⋯⋯ 135

Unit 21 有聲子音 [r] ⋯⋯⋯⋯ 138
◆ [l]、[r] 的發音比較 ⋯ 140

Unit 22 有聲子音 [j] ⋯⋯⋯⋯ 141

Unit 23 無聲子音 [h] ⋯⋯⋯⋯ 144
◆ [h]、[f] 的發音比較 ⋯ 146

Unit 24 有聲子音 [w] ⋯⋯⋯⋯ 147
◆ [v]、[w] 的發音比較 ⋯⋯⋯⋯⋯⋯⋯⋯ 149~150

Chapter 4 特殊的發音規則 ⋯ 151

Unit 01 [tr] 與 [dr] 之後接母音 ⋯ 152

Unit 02 [kl̩] 要唸成 [gl̩] 的變音 ⋯ 154

Unit 03 [s] 之後的 [p]、[k]、[t] 唸成 [b]、[g]、[d] ⋯ 155

Unit 04 [t] 變成 [d] 的發音 ⋯⋯⋯ 157

Unit 05 [tn̩] 或 [tən] 及 [dn̩] 或 [dən] 的鼻音化 ⋯⋯⋯⋯ 159

Unit 06 [t]、[d] 出現在單字字尾的省略規則 ⋯⋯⋯⋯⋯⋯⋯⋯ 161

Unit 07 子音不完全爆破的發音 ⋯⋯ 162

Unit 08 名詞複數以及動詞第三人稱單數 s 的發音規則 ⋯⋯⋯⋯ 164

Unit 09 以 -ed 結尾的動詞過去式及過去分詞的發音 ⋯⋯⋯⋯⋯ 167

Unit 10 字間連讀規則（一）：子音 + 母音 ⋯⋯⋯⋯⋯⋯⋯⋯ 169

Unit 11 字間連讀規則（二）：[t]、[d] 與 [j] 連讀 ⋯⋯⋯⋯⋯ 172

Unit 12 字間連讀規則（三）：子音 + 子音 ⋯⋯⋯⋯⋯⋯⋯⋯ 174

Unit 13 字間連讀規則（四）：[t] 與 [d] 的省略 ⋯⋯⋯⋯⋯⋯ 176

Unit 14 字間連讀規則（五）：相同子音的省略 ⋯⋯⋯⋯⋯⋯ 178

Unit 15 字間連讀規則（六）：字內加 [j] ⋯⋯⋯⋯⋯⋯⋯⋯ 180

Unit 16 字間連讀規則（七）：字內加 [w] ⋯⋯⋯⋯⋯⋯⋯⋯ 181

Chapter 5 　**重讀規則及語調** ⋯ 183

Unit 01 「名詞 + 名詞」的重讀規則 ⋯ 184

Unit 02 「動名詞 + 名詞」的重讀規則 ⋯⋯⋯⋯⋯⋯⋯⋯⋯ 185

Unit 03 「形容詞 + 名詞」的重讀規則 ⋯⋯⋯⋯⋯⋯⋯⋯⋯ 186

Unit 04 「分詞 + 名詞」的重讀規則 ⋯⋯⋯⋯⋯⋯⋯⋯⋯ 188

Unit 05 片語動詞的重讀規則 ⋯⋯⋯ 190

Unit 06 數字、縮寫字、人名和地名的重讀 ⋯⋯⋯⋯⋯⋯⋯ 192

Unit 07 句子重讀的規則 ⋯⋯⋯⋯⋯ 194

Unit 08 語調的升降規則（一）：降調句 ⋯⋯⋯⋯⋯⋯⋯⋯⋯ 197

Unit 09 語調的升降規則（二）：升調句 ⋯⋯⋯⋯⋯⋯⋯⋯⋯ 200

Unit 10 語調的升降規則（三）：非最終語調 ⋯⋯⋯⋯⋯⋯⋯ 202

User's Guide 使用說明

Unit 16

有聲子音 [dʒ]

常出現在有英文字母 **j**、**g** 的單字中
及右列字母組合：**-ge**、**-dge**

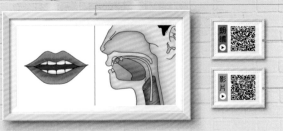

「參考嘴型圖」練習正確發音方式。

掃描「朗讀音檔 QR Code」聆聽外師朗讀，「影片檔」則可用三種角度觀察母語人士發音嘴型。

朗讀 ▶

影片 ▶

◆ 發音技巧 Pronunciation Skills

發 [dʒ] 是由 [d] 與 [ʒ] 兩個有聲子音結合而成，有點類似注音符號『ㄐㄧˇ』或國字『擠』的發音，但聲音更為短促。[dʒ] 的發音嘴型與 [tʃ] 是相同的，發此音時注意憋氣，然後用力使氣息振開上下唇而出，同時振動聲帶即可。

開口讀 Repeat after me

🎧 單字練習 Word Practice

1	**joy** [dʒɔɪ] *n.* 愉快	4	**stage** [stedʒ] *n.* 階段；舞臺
2	**enjoy** [ɪnˋdʒɔɪ] *vt.* 喜歡；享受	5	**bridge** [brɪdʒ] *n.* 橋
3	**age** [edʒ] *n.* 年紀	6	**judge** [dʒʌdʒ] *n.* 法官；鑑定者

CH 3
Unit 16

「開口讀」及「句子練習」由音標延伸到單字，再延伸到句子，逐步架構標準美式發音的基礎。

🎤 句子練習 Sentence Practice

1. To my great joy, Jane agreed to marry me.
   令我很高興的是，阿珍答應嫁給我。

2. I enjoy learning English with Johnny.
   我很喜歡和強尼一起學英語。

3. Jay showed great talent at the age of ten.
   阿傑十歲時就展現了出色的天分。

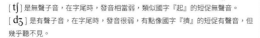

[tʃ] 是無聲子音，在字尾時，發音相當弱，類似國字『起』的短促無聲音。
[dʒ] 是有聲子音，在字尾時，發音很弱，有點像國字『擠』的短促有聲音，但幾乎聽不見。

cheap [tʃip] *a.* 便宜的　　**jeep** [dʒip] *n.* 吉普車

SurangaSL / Shutterstock.com

ranch [ræntʃ] *n.* 農場　　**range** [rændʒ] *n.* 範圍

branch [bræntʃ] *n.* 樹枝　　**bridge** [brɪdʒ] *n.* 橋

「發音比較」協助讀者釐清盲點，練就清楚的咬字，搭配精美圖片加強記憶點，輕鬆累積實力。

特別提醒 Tips

❶ 英式英語中，常有 [tju] 或 [nju] 的發音，
但是在美式英語中，通常會將 [j] 的音省略，而唸成 [tu] 或 [nu] 的音。

	英式發音	美式發音
tumor *n.* 腫瘤	[ˈtjumɚ]	[ˈtumɚ]
student *n.* 學生	[ˈstjudn̩t]	[ˈstudn̩t]
news *n.* 新聞	[njuz]	[nuz]

❷ 在美式發音中，一個字結尾若是 s，下一個字首是 y 時，會有變音現象，唸成 [ʃ]；若一個字結尾若是 t，下一個字首是 y 時，會有變音現象，唸成 [tʃ]。

	本來唸成	實際唸成
this year 今年	[ðɪsˈjɪr]	[ðɪˈʃɪr]
last year 去年	[læstˈjɪr]	[læsˈtʃɪr]

「特別提醒」歸納整理出特殊發音，協助讀者進一步理解發音差異。

朗讀 ▶

Chapter 1

26 個字母的正確發音 The Letters

學字母的讀法是英語發音的第一步，想要學好英文發音，需要從字母發音開始。

下面我們來看一下國人常犯錯誤的讀法：

英文字母	Aa	Bb	Cc	Dd
中文錯誤發音	欸	*逼	西	*滴
英文字母	Ee	Ff	Gg	Hh
中文錯誤發音	*衣	欸輔	機 / 居	矮去
英文字母	Ii	Jj	Kk	Ll
中文錯誤發音	*挨	接	*克欸	欸囉
英文字母	Mm	Nn	Oo	Pp
中文錯誤發音	欸姆	恩	*歐	匹
英文字母	Qq	Rr	Ss	Tt
中文錯誤發音	*克油	阿魯	*欸死 / 挨死	*踢
英文字母	Uu	Vv	Ww	Xx
中文錯誤發音	*優	微	打不溜	欸克死
英文字母	Yy	Zz		
中文錯誤發音	*歪	賊		

*表示這幾個中文字發音接近相對英文字母的正確發音，不易唸錯。

Chapter 2

母音的正確發音 Vowels

母音是英文發音的基礎音，前面所學到的英文字母的發音均含有母音。所有母音的發音都需要張嘴振動聲帶。對英語學習者而言，母音發得不正確，就無法講一口字正腔圓的英語。

作為發音的基本元素，母音一共有下列 24 個：

[i] [ɪ] [e] [ɛ] [æ] [ɑ] [ɑr] [o]

[ɔ] [ɔɪ] [ɔr] [u] [ʊ] [ʊr] [ʌ] [ə]

[ɝ] [ɚ] [aɪ] [aʊ] [ɛr] [ɪr] [ɪə] [iə]

單母音 [i]

常出現在下列字母組合：
ee、ea、ie、ei、ey

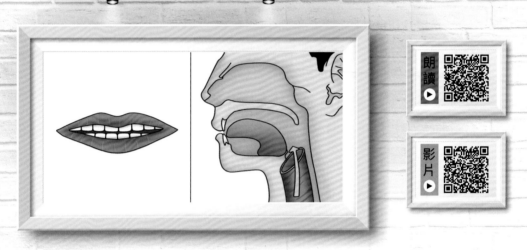

朗讀

影片

◆ 發音技巧 Pronunciation Skills

發此音時，上下唇微開，上下齒分開，舌尖稍微抵住下齒，嘴角儘量往兩旁伸展，像微笑的樣子，然後振動聲帶。

◆ 特別提醒 Tips

[i] 的發音類似國字裡『易』的讀音，但是聲音需要拉長些。

開口讀 Repeat after me

🎙 單字練習 Word Practice

1 seat [sit] *n.* 座位	**4 key** [ki] *n.* 鑰匙；關鍵
2 heat [hit] *n.* 熱	**5 ceiling** [ˋsilɪŋ] *n.* 天花板
3 feed [fid] *vt.* 餵食	**6 relief** [rɪˋlif] *n.* 寬慰，解脫

🎙 句子練習 Sentence Practice

1 Please take a seat.
請坐。

2 I don't go out in the heat of the day.
天氣熱的時候我不會外出。

3 Can you help me feed the dog?
你可以幫我餵狗嗎？

4 Hard work is the key to success.
努力是成功的關鍵。

5 Henry is staring at the ceiling.
亨利正盯著天花板看。

6 What a relief!
真是讓人鬆了一口氣！

單母音 [I]

常出現在有英文字母 i 的單音節單字中。

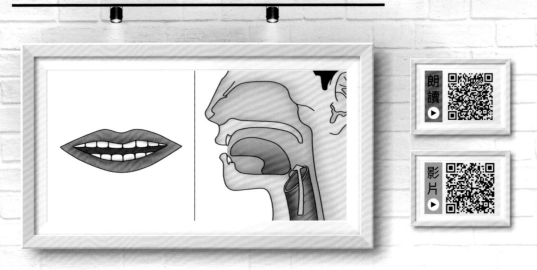

朗讀 ▶

影片 ▶

◆ 發音技巧 Pronunciation Skills

這個母音音標的發音介於國字『易』與『夜』之間。由於國語並無此音，因此發音極為困難。請參照下列發音要訣，仔細觀察老師的嘴型：

發此音時，上下唇及上下齒要比發 [i] 時微開，雙唇扁平，嘴角兩旁肌肉要比發 [i] 時略為放鬆，舌尖稍稍抵住下齒，振動聲帶。發出來的聲音頗像在部隊行進喊口令時的『一、二、一』中的『一』的聲音，也像臺語唸『初一』的『一』音。

🔑 單字練習 **Word Practice**

1	**sit** [sɪt] *vi.* 坐	**4**	**give** [gɪv] *vt.* 給予
2	**pig** [pɪg] *n.* 豬 & *vi.* 大吃特吃	**5**	**bit** [bɪt] *n.* 有點兒
3	**big** [bɪg] *a.* 大的	**6**	**fit** [fɪt] *vi.* & *n.* 合身

CH
2

Unit
02

🔑 句子練習 **Sentence Practice**

1 Just sit still.
坐著別動。

2 Let's go pig out.
我們去大吃一頓吧。

3 I'm a big fan of Jay Chou.
我是周杰倫的頭號粉絲。

4 Let's give him a big hand.
我們給他掌聲鼓勵吧。

5 These pants are a bit tight.
這條長褲有點緊。

6 The new sweater was a tight fit.
這件新毛衣很貼身。

發音比較 **Comparison**

[i] VS [ɪ]

[i] 的發音細長，是長母音，嘴型較扁平，嘴角儘量往兩邊移動。

[ɪ] 的發音短促，是短母音，嘴型較開，發出來的聲音頗像在部隊行進喊口令時的『一、二、一』中的『一』的聲音。

seat [sit] *n.* 座位	**sit** [sɪt] *vi.* 坐

heat [hit] *n.* 熱	**hit** [hɪt] *vt.* 打

meat [mit] *n.* 肉	**mitt** [mɪt] *n.* 棒球手套

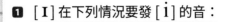
❶ [ɪ] 在下列情況要發 [i] 的音：

只要有兩個音節以上的字，字尾有 [ɪ] 的音標時，均要唸成 [i]，而非 [ɪ]。

兩個音節以上的字，字尾有 [ɪ] 的音標的單字範例
city [ˈsɪtɪ] → [ˈsɪti] *n.* 城市
sleepy [ˈslipɪ] → [ˈslipi] *a.* 睏倦的
Cindy [ˈsɪndɪ] → [ˈsɪndi] *n.* 辛蒂（女子名）

❷ 何為音節（syllable）？

音節至少要含有母音及子音。母音如冠詞 a [ə]，這個 [ə] 就是一個母音音節。通常母音與子音同時出現，如 meaning [ˈminɪŋ]。一個英文單字若含有一個母音，便算是一個音節，若含有兩個母音，便算是兩個音節，以此類推。由此得知 meaning 有兩個母音 [i] 及 [ɪ]，故有兩個音節。

a 含有一個音節的單字

sit [sɪt] *vi.* 坐
meat [mit] *n.* 肉
lid [lɪd] *n.* 蓋子

b 含有兩個音節的單字

weekly [ˈwiklɪ] *a.* 每週的
indeed [ɪnˈdid] *adv.* 的確
reading [ˈridɪŋ] *n.* 閱讀
meaning [ˈminɪŋ] *n.* 含義

c 含有三個音節的單字

excellent [ˈɛksələnt] *a.* 卓越的
popular [ˈpɑpjələ] *a.* 流行的
everyday [ˈɛvrɪde] *a.* 每天的

d 含有四個音節的單字

independent [ˌɪndɪˈpɛndənt] *a.* 獨立的
dictionary [ˈdɪkʃəˌnɛrɪ] *n.* 字典
watermelon [ˈwɑtəˌmɛlən] *n.* 西瓜

e 含有五個音節的單字

electricity [ɪˌlɛkˈtrɪsətɪ] *n.* 電
creativity [ˌkrieˈtɪvətɪ] *n.* 創造力
vocabulary [vəˈkæbjəlɛrɪ] *n.* 詞彙

❸ 何為重音（stress）？

a 兩個音節以上的單字就有重音符號 [ˈ]，凡音節上有此符號時，該音節就發重音。

單字	音標	字義
relief	[rɪˈlif]	寬慰，解脫
teacher	[ˈtitʃə]	老師
ceiling	[ˈsilɪŋ]	天花板
everyday	[ˈɛvrɪde]	每天的

b 四個音節以上的字（包括一些三音節的字）多會有兩個重音符號出現，除第一重音符號 [ˈ]（亦稱主重音符號）外，尚有第二重音符號 [ˌ]，此符號亦稱次重音符號。

單字	音標	字義
electricity	[ɪˌlɛkˈtrɪsətɪ]	電
creativity	[ˌkrieˈtɪvətɪ]	創造力

c 一些複合形容詞的重音原則如下：

如果第一個字是名詞，重音在第一個字上；如果第一個字是形容詞，那麼重音放在後面那個字上。

單字	音標	字義
time-consuming	[ˈtaɪmkənˌsumɪŋ]	耗時的
bad-tempered	[ˌbædˈtɛmpəd]	脾氣不好的

雙母音 [e]

常出現在下列字母組合：
(1) a + 子音字母 (如 p, t 等) + e
(2) ai、ei、ea、ay、ey

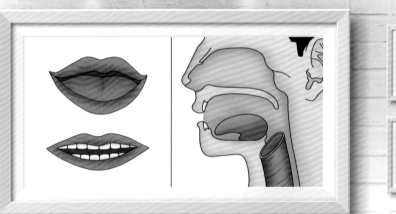

朗讀

影片

◆ 發音技巧 Pronunciation Skills

本音標符號明明是一個符號，為何卻稱為雙母音呢？原來 KK 音標的 [e] 是兩個單母音 [ɛ] 及 [ɪ] 結合而成的。故發 [e] 音的時候，先發 [ɛ] 的音，再發 [ɪ] 的音，中間不停頓，一氣呵成。發出的音類似注音符號『ㄟ』的發音。

🎙 單字練習 Word Practice

1	**plane** [plen] *n.* 飛機	**4**	**plain** [plen] *n.* 平原 & *a.* 明顯的
2	**play** [ple] *vt.* 彈奏或敲擊 (樂器)	**5**	**gray / grey** [gre] *a.* 灰色的 & *n.* 灰色
3	**break** [brek] *n.* 休息	**6**	**veil** [vel] *vt.* 掩蓋 & *n.* 面紗

🎙 句子練習 Sentence Practice

1 The plane is about to take off in an hour.
飛機在一小時後即將起飛。

2 I practice playing the piano every day.
我每天都會練習彈鋼琴。

3 Let's take a break for five minutes.
咱們休息五分鐘。

4 The boss made it plain that we should get the job done soon.
老闆明確表示要我們快點把工作完成。

5 Gary's hair is turning gray.
蓋瑞的頭髮漸漸灰白了。

＊ gray 是美式拼法，grey 是英式拼法，發音及意思均相同。

6 The morning fog veiled the mountain top.
晨霧蓋住了山頭。

13

[e] 之後如果接子音 [n] 時，我們很容易唸成 [ɛn] 的錯誤發音，務必謹慎。

正確發音	錯誤發音
paint [pent] *n.* 油漆	[pɛnt]
main [men] *a.* 主要的	[mɛn]
rain [ren] *vi.* 下雨 & *n.* 雨	[rɛn]
cane [ken] *n.* 藤條；手杖	[kɛn]

Unit 04

單母音 [ɛ]

常出現在有 **a**、**e** 字母的單字中與下列字母組合：

ea

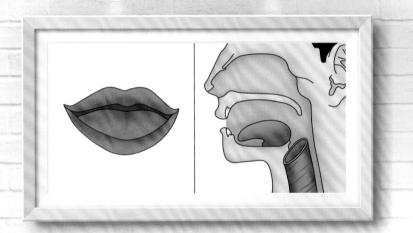

朗讀

影片

◆ **發音技巧** Pronunciation Skills

發此音時，嘴巴要比發 [I] 微開。換言之，上下唇和上下齒再張開一些，舌頭平放，舌尖輕輕抵住下齒，臉部肌肉放鬆，振動聲帶。

◆ **特別提醒** Tips

國語無此音。不過我們唸『耶』或『也』這個字時，故意拉長音，尾音的部分就像 [ɛ] 的發音。

開口讀 Repeat after me

🔖 單字練習 Word Practice

1	**letter** [ˈlɛtɚ]
	n. 信

2	**lesson** [ˈlɛsn̩]
	n. 一節課；教訓
	（KK 音標的 [sn̩] 等於 [sən]，
	可省略 [ə]，簡化成 [sn̩]。）

3	**weather** [ˈwɛðɚ]
	n. 天氣

4	**pleasure** [ˈplɛʒɚ]
	n. 高興；榮幸

5	**many** [ˈmɛnɪ]
	a. 許多的

🔖 句子練習 Sentence Practice

1 I wrote him a thank-you letter.
我寫了一封感謝信給他。

2 Mary is taking driving lessons.
瑪麗正在上駕訓課。

3 Let that be a lesson to her.
那件事要讓她引以為鑑。

4 I felt a bit under the weather this morning.
我今天早上有點兒不舒服。

5 Nick takes no pleasure in his work.
尼克從他的工作中得不到樂趣。

6 I've known Peter for a great many years.
我認識彼得已經好多好多年了。

16

發音比較 **Comparison**

[e] **VS** [ɛ]

waiter [ˈwetɚ] *n.* 服務生 	**weather** [ˈwɛðɚ] *n.* 天氣 
plate [plet] *n.* 盤子 	**pegs** [pɛgz] *n.* 短釘；掛釘 
fake [fek] *a.* 假的 	**feather** [ˈfɛðɚ] *n.* 羽毛 

單母音 [æ]

常出現在有英文字母 **a** 的單音節單字中。

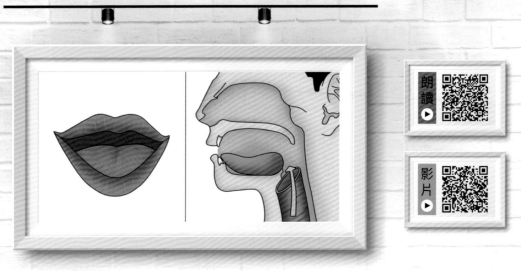

朗讀

影片

◆ 發音技巧 Pronunciation Skills

發此音時，嘴型要比發 [ε] 的音時更開。上下唇和上下齒張開，使下巴儘量往下拉，此時嘴角肌肉亦會繃緊。舌頭平放，舌尖仍抵住下齒，振動聲帶。此時嘴型頗像七、八個月大的嬰兒流著口水咧嘴憨笑的樣子，傻極了，也可愛極了。

◆ 特別提醒 Tips

國語並無此發音，宜多加模仿練習。

🎙️ 單字練習 Word Practice

1	**mad** [mæd] *a.* 生氣的	**4**	**stand** [stænd] *vi.* 站立 & *vt.* 忍受
2	**land** [lænd] *n.* 陸地	**5**	**ant** [ænt] *n.* 螞蟻
3	**glad** [glæd] *a.* 高興的	**6**	**back** [bæk] *adv.* 往回

CH 2
Unit 05

🎙️ 句子練習 Sentence Practice

1 Sarah is mad at me for being rude.
莎拉因為我的無禮而生氣。

2 We decided to travel by land.
我們決定這趟旅程走陸路。

3 I'm glad to meet you. I've heard a lot about you.
很高興認識您。久仰大名。

4 I can't stand the heat.
我忍受不了炎熱的天氣。

5 I have ants in my pants.
我緊張到坐立難安。

6 Don't talk back to your mother like that.
不要像那樣和你母親頂嘴。

在發 [ɛ] 的音時嘴唇微微打開，但是在發 [æ] 的音時嘴唇則要更加張開。記住，[æ] 這個音嘴型一定要做足，否則聽起來就不道地，可能會有點好笑，不過學英語就是要先讓自己臉皮變厚喔！

bed [bɛd] *n.* 床

bad [bæd] *a.* 壞的

beg [bɛg] *vi.* 乞求

bag [bæg] *n.* 袋子

lend [lɛnd] *vt.* 借給

land [lænd] *n.* 土地

Unit 06

單母音 [ɑ]

常出現在有英文字母 **a**、**o** 的單音節單字中。

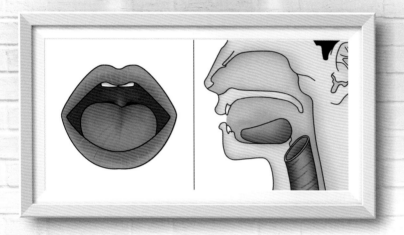

朗讀

影片

◆ 發音技巧 Pronunciation Skills

本音標的發音類似國字『啊』的發音，但嘴巴張開的幅度要更大。上下唇及上下齒全張，舌頭自然平放，舌尖不接觸下齒，也不要捲起或翹起，振動聲帶。

◆ 特別提醒 Tips

發此音時，最好先照鏡子。先唸『啊』的音，您會驚訝地發現您的嘴巴張得不夠開，這時將嘴巴儘量張大，然後發聲，就是正確的發音了。

開口讀 Repeat after me

📌 單字練習 Word Practice

1	**wash** [waʃ]	**4**	**stop** [stɑp]
	vt. 洗		*vt.* 停止
2	**want** [wɑnt]	**5**	**cop** [kɑp]
	vt. 想要		*n.* 警察
3	**hot** [hɑt]	**6**	**block** [blɑk]
	a. 炎熱的		*n.* 街區

📌 句子練習 Sentence Practice

1 My car needs washing.
我的車該洗了。

2 All I want is the truth.
我只想知道實情。

3 I like to go swimming on a hot summer day.
我喜歡在炎熱的夏日去游泳。

4 Jack stopped crying upon seeing his mother.
傑克看到媽媽時就不哭了。

5 Here comes the cop.
警察來了。

6 My house is three blocks away from here.
我家離這裡有三個街區遠。

發音比較 Comparison

 [æ] [ɑ]

[æ] 的嘴型要把嘴巴咧開到極致，像是個七、八個月大的小寶寶咧嘴憨笑的樣子。

[ɑ] 的嘴型像個大圓圈。往下拉到最大，且要拉長音。

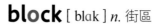

black [blæk] *a.* 黑色的

block [blɑk] *n.* 街區

cap [kæp] *n.* 棒球帽

cop [kɑp] *n.* 警察

map [mæp] *n.* 地圖

mop [mɑp] *n.* 拖把

雙母音 [ɑr]

常出現在右列字母組合：**ar**

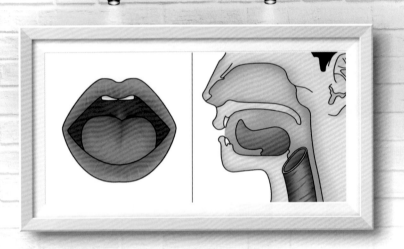

朗讀

影片

◆ 發音技巧 Pronunciation Skills

這個音標符號理論的寫法應為 [ɑɚ]，但實際則寫成 [ɑr]。[ɚ] 亦是個捲舌母音（類似注音符號『ㄦ』或國字中『爾』的發音），故 [ɑr] 稱為雙母音。這種以 [r] 取代 [ɚ] 形成的母音多半會出現在 [ɪ]、[ɛ]、[ɑ]、[ɔ]、[ʊ] 等五個母音之後，分別形成 [ɪr]、[ɛr]、[ɑr]、[ɔr]、[ʊr] 這五個雙母音。

◆ 特別提醒 Tips

先發 [ɑ] 的音，但由於受到尾音 [r] 的影響，唸 [ɑ] 反而嘴巴不要全張，發出的音介乎注音符號『ㄚ』與『ㄛ』之間，然後將舌頭捲起，發出 [ɚ] 的捲舌音即可。[ɑr] 的發音有點像國字『阿爾』的發音。

開口讀 Repeat after me

🔖 單字練習 Word Practice

1 **far** [far]
a. 遠的 &
adv. 遠遠地，很大程度上地

2 **park** [park]
n. 公園

3 **hard** [hard]
a. 堅硬的；嚴厲的

4 **star** [star]
n. 星星

5 **start** [start]
vt. & vi. 開始

6 **fart** [fart]
vi. 放屁

🔖 句子練習 Sentence Practice

1 Jack is far taller than Henry.
傑克比亨利高很多。

2 I just went for a walk in the park.
我剛去公園散步。

3 Don't be so hard on Tim. He's still young.
別對提姆太嚴格，他還年輕。

4 I like camping out under the stars.
我喜歡在星空下露營。

5 Let's get started. We don't have all day.
現在就開始吧，我們時間不多。

6 It's impolite to fart in an elevator.
在電梯裡放屁是不禮貌的。

[ɑr] 的音標多出現在含有字母 "ar" 的英文單字中，故在此多列舉一些讓大家練習，記得尾音要捲舌。

1	**car** [kɑr] *n.* 汽車		4	**dart** [dɑrt] *n.* 飛鏢
2	**Mars** [mɑrz] *n.* 火星		5	**lard** [lɑrd] *n.* 豬油
3	**artist** [ˋɑrtɪst] *n.* 藝術家			

Unit 08

雙母音 [o]

常出現在下列字母組合：
(1) o + 子音字母 + e（如 one, ome 等）
(2) oa、oe、ou、ough、ow

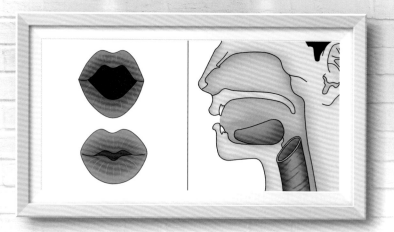

朗讀

影片

◆ 發音技巧 Pronunciation Skills

這個音標是一個符號，應該是單母音，但也可稱之為雙母音。因為 KK 音標 [o] 是兩個單母音 [ə] 及 [u] 的化簡形，所以稱 [o] 為雙母音。其實 [o] 的發音很簡單，類似注音符號的『又』或國字『歐』的發音。上下唇及上下齒張開，嘴型成英文字母 "O" 狀，舌頭自然平放，舌尖微微上揚不觸及下齒，振動聲帶即可。

◆ 特別提醒 Tips

發 [o] 的音時，尾音部分應有類似國字『屋』的音出現，即唸起來有點像唸『歐屋』連在一起的國語發音。在唸 [o] 時，切記不要唸成像『喔』或注音符號『ㄛ』的音，這是不正確的發音，尾音一定要有類似『屋』的音出現才是正確的。

單字練習 Word Practice

1	**home** [hom] *n.* 家	**4**	**goal** [gol] *n.* 目標
2	**phone** [fon] *n.* 電話	**5**	**coat** [kot] *n.* 外套
3	**flow** [flo] *vi.* 流動 & *n.* 水流	**6**	**toe** [to] *n.* 腳趾頭

句子練習 Sentence Practice

1 Sit down and make yourself at h<u>o</u>m<u>e</u>.
隨便坐，別拘束。

2 The ph<u>o</u>n<u>e</u> rang and I answered it.
電話響了，我接起電話。

3 Her tears began to fl<u>ow</u>.
她的眼淚流了下來。

4 Nick did his best to achieve his g<u>oa</u>l.
尼克盡全力達到目標。

5 Remember to put on your c<u>oa</u>t.
記得要穿上外套。

6 Can you bend <u>o</u>ver and touch your t<u>oe</u>s?
你可以彎腰碰到你的腳趾頭嗎？

發音比較 **Comparison**

[o] [ɔ] Part 1

[o] 的發音類似中文『歐』。

[ɔ] 的發音類似中文『喔』。

low [lo] *a.* 低矮的

LensTravel / Shutterstock.com

law [lɔ] *n.* 法律

bowl [bol] *n.* 碗

ball [bɔl] *n.* 球

sow [so] *vt.* 播種

saw [sɔ] *n.* 鋸子

單母音 [ɔ]

常出現在右列字母組合：**al**、**au**、**aw**

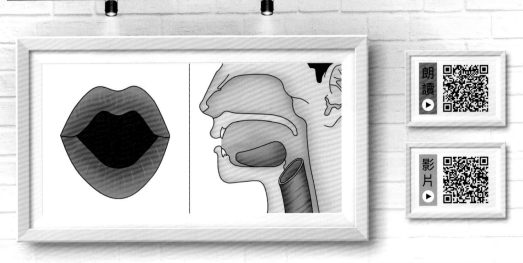

◆ **發音技巧** Pronunciation Skills

發此音時，上下唇及上下齒張開，舌頭自然垂放，然後把自己想像成公雞，振動聲帶發出『喔、喔、喔』的雞鳴聲即可。

◆ **特別提醒** Tips

[ɔ] 類似注音符號『ㄛ』或國字『喔』的發音。發音時口張大，但比發 [ɑ] 的嘴形較小，舌頭平放，雙唇雙雙收圓，不要擔心練久了嘴巴會合不起來，睡覺或說話會流口水。照鏡子側面看時，雙唇是微微翹起來的。

單字練習 Word Practice

1	**ball** [bɔl]	*n.* 球
2	**call** [kɔl]	*n.* (一通) 電話 & *vt.* 打電話給 (某人)
3	**author** [ˋɔθɚ]	*n.* 作者
4	**daughter** [ˋdɔtɚ]	*n.* 女兒
5	**law** [lɔ]	*n.* 法律
6	**flaw** [flɔ]	*n.* 瑕疵

句子練習 Sentence Practice

❶ The new manager is really on the ball.
新任經理真是精明幹練。

❷ I need to make a phone call.
我需要打一通電話。

❸ John is the author of two books on art.
約翰是兩本與藝術相關書籍的作者。

❹ My daughter is the apple of my eye.
我女兒是我的掌上明珠。

❺ Drunk driving is against the law.
酒駕是違法的。

❻ There is a fatal flaw in the plan.
這個計畫中有個致命的缺點。

[o] [ɔ] Part 2

flow [flo] *n.* 水流	**flaw** [flɔ] *n.* 瑕疵

mow [mo] *vt.* 割草	**mall** [mɔl] *n.* 商場

Rostislav Glinsky / Shutterstock.com

boat [bot] *n.* 船	**bought** [bɔt] *vt.* 買 （buy 的過去式及過去分詞）

Unit 10

雙母音 [ɔɪ]

常出現在右列字母組合：**oi、oy**

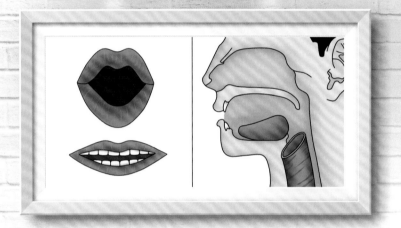

朗讀 ▶

影片 ▶

◆ 發音技巧 Pronunciation Skills

此音標的發音技巧，與發所有雙母音技巧一致，先發 [ɔ] 的音，然後再平穩過渡到 [ɪ] 的音，聽起來有點像將兩個國字『喔』和『衣』連在一起的發音。

🔑 單字練習 Word Practice

1	**point** [pɔɪnt] *n.* 重點		**4**	**choice** [tʃɔɪs] *n.* 選擇
2	**noise** [nɔɪz] *n.* 噪音		**5**	**joy** [dʒɔɪ] *n.* 樂趣；高興
3	**coin** [kɔɪn] *n.* 硬幣 & *vt.* 創造 (新詞)		**6**	**toy** [tɔɪ] *n.* 玩具

🔑 句子練習 Sentence Practice

1 That's not the point.
那不是重點。

2 Don't make a noise.
別發出聲音。

3 They coined a new word.
他們創造了一個新詞。

4 I have no choice but to give up.
我別無選擇只好放棄。

5 I jumped for joy at the news.
這個消息讓我高興地跳了起來。

6 The children are playing with their toys.
那些小朋友正在玩玩具。

特別提醒 **Tips**

🔑 [ɔɪ] 之後有子音 [l] 的唸法

[l] 出現在母音之後時，要唸成類似國字『歐』的發音，不過務必要讓舌尖翹起，並且抵住門牙後方。[ɔɪl] 的發音有一點像國字『喔依歐』的國語發音，唸快一點時，聽起來有一點像『喔有』的國語發音。

soil [sɔɪl] *n.* 土壤

toil [tɔɪl] *vi.* 苦幹

coil [kɔɪl] *n.* 線圈

foil [fɔɪl] *n.* 箔

雙母音 [ɔr]

常出現在右列字母組合：**or、oor、our**

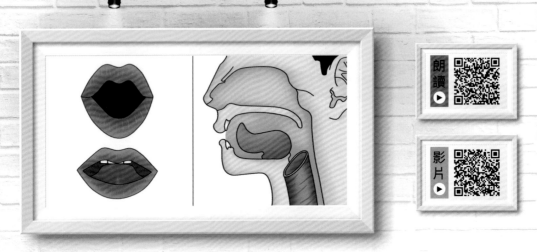

朗讀

影片

◆ 發音技巧 Pronunciation Skills

與 [ɑr] 同理，本來 [ɔr] 的寫法理論上應為 [ɔɚ]，實際則寫成 [ɔr]。發音方式與發 [ɑr] 相同，先唸 [ɔ]，然後將舌頭捲起，發出注音符號『儿』或國字『爾』的捲舌音即可。

單字練習 Word Practice

1 **born** [bɔrn]
a. 出生的 (bear 的過去分詞)

2 **short** [ʃɔrt]
a. 矮的；缺少的

3 **floor** [flɔr]
n. 地板

4 **torn** [tɔrn]
a. 難以做出抉擇的
(tear 的過去分詞)

5 **course** [kɔrs]
n. 課程

6 **pour** [pɔr]
vt. 倒；傾倒

句子練習 Sentence Practice

1 I was born and raised in Taiwan.
我在臺灣出生成長。

2 I'm short of money this week.
我這個星期缺錢。

3 It's your turn to mop the floor.
輪到你拖地了。

4 I was torn between family and friends.
我在家人和朋友之間左右為難。

5 I took a course in modern arts.
我上了一堂現代藝術的課。

6 It's pouring outside now.
外面現在正下著傾盆大雨。

特別提醒 Tips

在某些國內出版的英漢字典中會將像是 course（課程）、four（四）、pour（倒）等 "our" 字母形成的字均只列出 [or] 的 KK 音標，但其實在美式發音中，[ɔr] 才是最常聽到的發音。我們來看以下比較：

某些字典所列音標	實際要唸成這樣
four [for] *n.* 四	[fɔr]
course [kors] *n.* 課程	[kɔrs]
mourn [morn] *vt. & vi.* 哀悼	[mɔrn]
pour [por] *vt. & vi.* 傾倒	[pɔr]

Unit 12

單母音 [u]

常出現下列字母組合：
(1) u + 子音字母 (如 b, t 等) + e
(2) oo、ui、ue、ou、ew

CH
2

Unit
12

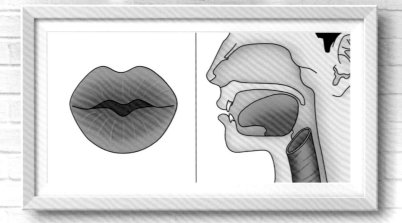

朗讀

影片

◆ 發音技巧 Pronunciation Skills

發此音時，嘴型要做成像發注音符號『ㄨ』或國字『烏』的樣子，但嘴型相對略扁，向兩旁微拉，上下唇微微噘起，只留一個小氣孔，上下齒微張，聲帶部分的肌肉略為緊繃，並振動聲帶即可。

◆ 特別提醒 Tips

許多人將 [u] 與『ㄨ』的發音視為相同，這是不對的。發『ㄨ』或『烏』時，雙唇是往外凸出來的，這時的嘴型較小較圓，像是在嘟著嘴唇。而發 [u] 音時，嘴唇則需略扁且微微噘起，兩唇形成的氣孔亦呈扁平狀。

🎙 單字練習 **Word Practice**

1	**mute** [mjut] *a.* 沉默的，不語的	5	**fool** [ful] *n.* 傻子 & *vi.* 鬼混
2	**mood** [mud] *n.* 心情	6	**suit** [sut] *n.* 西裝 & *vt.* 適合
3	**chew** [tʃu] *vt.* & *vi.* 咀嚼	7	**clue** [klu] *n.* 線索
4	**room** [rum] *n.* 房間（可數）；空間（不可數）		

🎙 句子練習 **Sentence Practice**

❶ The old man sat mute by the window.
老先生坐在窗邊，一言不語。

❷ I'm not in the mood for it.
我沒心情做這件事。

❸ You should chew the food slowly to release all the flavors.
你應該要慢慢咀嚼食物，好讓所有味道散發出來。

❹ There is room for improvement.
還有進步的空間。

❺ Stop fooling around.
別再鬼混了。

❻ Peter looks great in his new suit.
彼得穿起新西裝真是很好看。

❼ I don't have a clue who he is.
有關他是誰我一點頭緒都沒有。

發音比較 Comparison

 [u]   [ʊ] Part 1

我們在接下來會介紹單母音 [ʊ] 的唸法,這裡先將兩者做比較,做個暖身。
[u] 是長母音,唸的時候嘴唇就像是嘟起嘴要給別人親的樣子;而 [ʊ] 是短母音,唸的時候很急促,嘟起嘴一下就要縮回來。就像是那種想給別人親又反悔的樣子。

pool [pul] *n.* 泳池

pull [pʊl] *vt.* 拉

fool [ful] *n.* 傻子

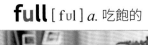

full [fʊl] *a.* 吃飽的

food [fud] *n.* 食物

foot [fʊt] *n.* 腳 (單數)

Unit 13

單母音 [ʊ]

常出現在字母 **u** 的單音節單字與下列字母組合：

oo、ou

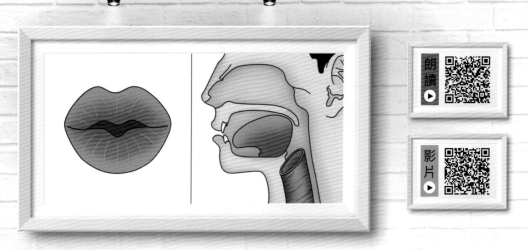

朗讀

影片

◆ 發音技巧 Pronunciation Skills

前面介紹過 [ʊ] 與 [u] 的發音原理大致相同，不過 [ʊ] 唸起來有點像注音符號『ㄜ』或國字『餓』的發音，唯嘴型要比發『ㄜ』或『餓』時較扁。

發音時，先將嘴型做成像發『ㄜ』或『餓』的發音狀，稍微再壓扁一些，然後將上下唇稍微噘起，形成的氣孔要比發 [u] 時大一些。上下齒微張，聲帶部分的肌肉略為緊繃，振動聲帶即可。

◆ 特別提醒 Tips

其實 [ʊ] 的發音並不完全等於『ㄜ』或『餓』的發音。發『ㄜ』或『餓』的音時，嘴唇自然張開且不須噘起，聲帶的肌肉不須呈緊繃狀。但發 [ʊ] 的音時，嘴唇要噘起，聲帶的肌肉要略為緊繃。

開口讀 Repeat after me

🎙 單字練習 Word Practice

1	**good** [gʊd] *a.* 好的	**4**	**would** [wʊd] *aux.* 將，會（will 的過去式）
2	**book** [bʊk] *n.* 書本 & *vt.* 預訂	**5**	**full** [fʊl] *a.* 滿的
3	**cook** [kʊk] *n.* 廚師 & *vt.* 煮飯	**6**	**pull** [pʊl] *vt.* & *vi.* 拉

🎙 句子練習 Sentence Practice

1 I'm not good at math.
我不擅長數學。

2 I'd like to book a table for four.
我想預訂四個人的座位。

3 My mother is a good cook.
我媽媽很會做菜。

4 Jack said he would leave for India next week.
傑克說他下週會前往印度。

5 I'm so full that I can't eat another bite.
我太飽了，所以一口也吃不下了。

6 You push and I will pull.
你往前推，我往後拉。

[u] VS **[ʊ]** Part 2

再多練習比較長母音 [u] 和短母音 [ʊ] 的差別。只要記住一個原則，長母音刻意拉長，短母音刻意短促，馬上就會見到效果了。

smooth [smuð] *a.* 平滑的 | **sugar** [ˋʃʊgɚ] *n.* 糖

roots [ruts] *n.* 根 | **put** [pʊt] *vt.* 放

boots [buts] *n.* 靴子 | **book** [bʊk] *n.* 書

Unit 14

雙母音 [ʊr]

常出現在右列字母組合：**our、oor、ure**

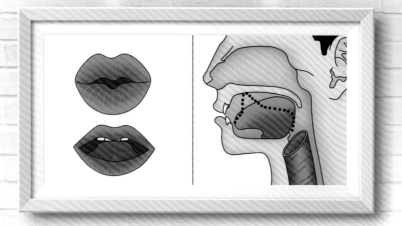

朗讀

影片

發音技巧 Pronunciation Skills

與 [ɑr] 同理，本來 [ʊr] 的寫法理論上應為 [ʊɚ]，實際則寫成 [ʊr]，故 [ʊr] 為雙母音。發音方式與發 [ɑr] 或 [ɔr] 時相似，先唸 [ʊ]，然後將舌頭捲起，發出類似注音符號『ㄦ』或國字『爾』的捲舌音即可。

特別提醒 Tips

其實跟所有的雙母音一樣，[ʊr] 的發音是由兩部分組成，練習的時候可以先發 [ʊ] 的音，然後自然過渡到後面 [ɚ] 的捲舌音。

🔑 單字練習 Word Practice

1	**poor** [pʊr] *a.* 貧窮的	**4**	**sure** [ʃʊr] *a.* 確信的；肯定的
2	**tour** [tʊr] *n. & vt.* 旅行	**5**	**manure** [məˋnʊr] *n.* 糞肥
3	**lure** [lʊr] *vt.* 引誘		

🔑 句子練習 Sentence Practice

1 We lead a poor but happy life.
我們過著貧窮卻快樂的日子。

2 We went on a sightseeing tour.
我們去了一趟觀光之旅。

3 The little boy was lured into a car.
那個小男孩被引誘到一輛車裡。

4 John seems very sure of himself.
約翰似乎很有自信。

5 The farmer spread the manure on the fields.
農夫在田野上施肥。

[ɔr] **VS** [ur]

pour [pɔr] *vt.* 倒；傾倒	**p**oor [pur] *a.* 貧窮的

JBKC / Shutterstock.com

tore [tɔr] *vt.* 撕毀（tear 的過去式）	**t**our [tur] *n.* 旅程

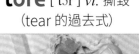 

more [mɔr] *a.* 更多的	**m**oor [mur] *n.* 荒野

Unit 15

單母音 [ʌ]

常出現在有 **u**、**o** 字母的單字中與下列字母組合：

ou

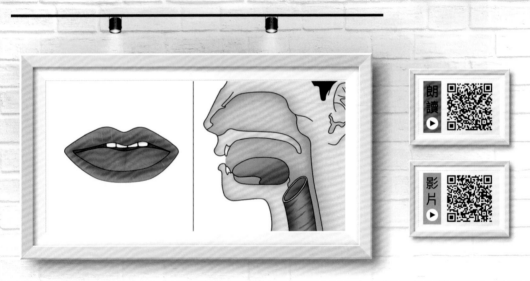

◆ **發音技巧** Pronunciation Skills

[ʌ] 的發音很像注音符號『ㄜ』或國字『餓』的發音，只不過發 [ʌ] 的音時，聲音要更強且更短促。發音時，上下唇及上下齒要微微張開，臉部肌肉和舌頭自然發鬆，舌尖輕輕抵住下齒齦，振動聲帶即可。

◆ **特別提醒** Tips

[ʌ] 的發音與稍後將介紹的 [ə] 的發音可說是完全相同。只不過 [ʌ] 只會出現在單音節的字 (如 bug [bʌg]) 或有兩個音節以上有重音節的字中 (如 money [ˈmʌnɪ])，發出的聲音較強；而 [ə] 多只出現在弱音 (如 a [ə] / an [ən]) 或有兩個音節以上的字中非重音節部分 (如 seven [ˈsɛvən])，與 [ʌ] 的發音相比發聲較輕。

🔑 單字練習 **Word Practice**

1	**cup** [kʌp]	4	**color** [ˋkʌlɚ]	
	n. 杯子		*n.* 顏色	
2	**bug** [bʌg]	5	**money** [ˋmʌnɪ]	
	n. 蟲子 & *vt.* 煩擾		*n.* 錢	
3	**bus** [bʌs]	6	**tough** [tʌf]	
	n. 公車		*a.* 困難的	

🔑 句子練習 **Sentence Practice**

1 Jane is cute enough, but she is not my cup of tea.
아阿珍夠可愛，但她不是我的菜。

2 Stop bugging me, will you?
別煩我，好嗎？

3 Do you want to walk or go by bus?
你想走路還是搭公車？

4 There are different colors for you to choose from.
有不同的顏色供您選擇。

5 Can I borrow some money from you?
我可以跟你借一些錢嗎？

6 It's a tough decision to make.
這是一個困難的決定。

 [ɑ] [ʌ]

[ɑ] 這個音標要把下巴拉長，唸的是長『啊』的音。

[ʌ] 這個音標一定要唸成像『餓』的音，而不是『啊』。

cop [kɑp] *n.* 警察	**cup** [kʌp] *n.* 杯子

hot [hɑt] *a.* 熱的	**hut** [hʌt] *n.* 小屋

collar [ˋkɑlɚ] *n.* 衣領	**color** [ˋkʌlɚ] *n.* 顏色

 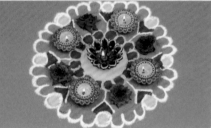

Unit 16

單母音 [ə]

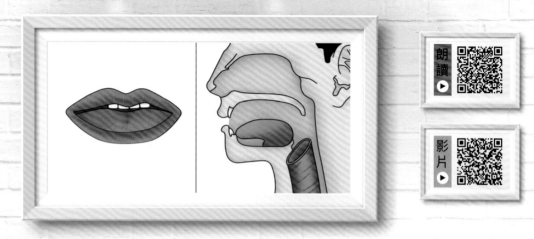

朗讀 ▶

影片 ▶

◆ 發音技巧 Pronunciation Skills

前面介紹過 [ə] 的發音與 [ʌ] 的發音完全相同，唸起來很像注音符號『ㄜ』或國字『餓』的發音。惟 [ə] 的發音要比 [ʌ] 輕，且 [ə] 只出現在有兩個音節以上非重音部分的字中，而 [ʌ] 則出現在單音節的字或者在重音節的字中。

開口讀 Repeat after me

單字練習 Word Practice

1	**banana** [bəˋnænə] *n.* 香蕉	4	**together** [təˋgɛðə] *adv.* 在一起
2	**ago** [əˋgo] *adv.* 在……以前	5	**today** [təˋde] *n.* 今天
3	**around** [əˋraund] *prep.* 在……附近	6	**tomorrow** [təˋmaro] *n.* 明天

句子練習 Sentence Practice

1 Bananas are good for your health.
香蕉對你的健康有好處。

2 Mary was here a minute ago.
一分鐘前瑪麗在這兒。

3 There is a new restaurant around the corner.
轉角有一家新開的餐廳。

4 Mix the flour and water together.
將麵粉和水混合在一起。

5 I had a bad day today.
我今天過得很糟。

6 See you tomorrow.
明天見。

特別提醒 Tips

1 不定冠詞 a 或 an（一個；某個），介詞 of（的）、
連接詞 and（和）在不強調時，其母音部分也常唸成 [ə]。

例 John is a student.
約翰是個學生。

I drank a cup of tea.
我剛喝了一杯茶。

He and I went to the same college.
他和我唸同一所大學。

2 特別注意字典中一些中間含有單母音 [ə] 的字，為了發音方便，這些音通常會
省略不唸。我們用以下幾個字來解釋。還是是希望讀者多聽外國人怎麼唸每個
字並且多查字典。

	KK 音標字典的標示	實際讀音
reference *n.* 參考	[ˈrɛfərəns]	[ˈrɛfrəns]
favorite *a.* 最喜歡的	[ˈfevərɪt]	[ˈfevrɪt]
difference *n.* 不同	[ˈdɪfərəns]	[ˈdɪfrəns]

3 字典中所看到的 [tl̩] [dl̩] [tn̩] [dn̩] 這幾個發音分別是 [təl] [dəl]
[tən] [dən] 的縮寫形式，而這種 [l̩] 或 [n̩] 的音標符號只出現在字尾有子音
[t] 或 [d] 之後。

	KK 音標字典的標示	實際讀音
little *a.* 小的	[ˈlɪtəl]	[ˈlɪtl̩]
model *n.* 模型	[ˈmɑdəl]	[ˈmɑdl̩]
rotten *a.* 腐爛的	[ˈrɑtən]	[ˈrɑtn̩]
student *n.* 學生	[ˈstudənt]	[ˈstudn̩t]

捲舌母音 [ɝ]

常出現在下列字母組合：

ir、ur、er、or、ear

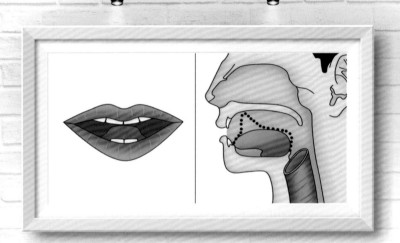

朗讀 ▶

影片 ▶

◆ 發音技巧 Pronunciation Skills

本音標符號是 [ʌr] 的變化而成，類似注音符號『ㄦ』或國字『爾』的發音，是個捲舌音。發音時，先發 [ʌ] 的音，再發 [r] 的捲舌音，振動聲帶即可。

◆ 特別提醒 Tips

[ɝ] 與 [ʌ] 一樣，只出現在單音節或有兩個以上的音節重音部分的英文字中。

單字練習 Word Practice

1	**skirt** [skɜt] *n.* 裙子	**4**	**nerve** [nɜv] *n.* 神經
2	**turn** [tɜn] *n.* 轉動；輪流	**5**	**serve** [sɜv] *vt.* 為……服務；供應
3	**learn** [lɜn] *vt. & vi.* 學習	**6**	**word** [wɜd] *n.* 單字 (可數)；承諾 (不可數)

CH
2

Unit
17

句子練習 Sentence Practice

1 Mini-skirts never go out of fashion.
迷你裙永遠不會退流行。

2 Whose turn is it to take out the garbage?
輪到誰去倒垃圾了？

3 I'm keen to learn about your culture.
我熱衷於學習你們的文化。

4 Susan always gets on my nerves.
蘇珊總是會惹惱我。

5 Breakfast will be served from 7 a.m. to 11 a.m.
早餐將在早上 7 點到 11 點供應。

6 I give you my word.
我向你保證 (說話算話)。

發音練習 More Practice

生長在臺灣的我們，方言中少有捲舌音，因此 [ɝ] 的發音要勤練才能適應。
以下再多列幾個字讓大家練習捲舌。

er	ir
nerd [nɝd] *n.* 書呆子	shirt [ʃɝt] *n.* 襯衫

ur	ear
burger [ˋbɝgɚ] *n.* 漢堡	earth [ɝθ] *n.* 地球

Unit 18

捲舌母音 [ɚ]

常出現在右列字母組合：**er、or、ar、ure**

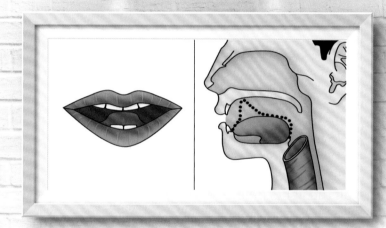

朗讀 ▶

影片 ▶

◆ 發音技巧 Pronunciation Skills

本音標符號是 [ɚr] 的縮寫，發音方式與前面的 [ɝ] 完全一樣，也是個捲舌音。發音時先發 [ə] 的音，然後再發 [r] 的捲舌音，振動聲帶即可。

◆ 特別提醒 Tips

與 [ə] 出現的規則一樣，[ɚ] 只出現在兩個音節以上非重音部分的英文字中。

單字練習 Word Practice

1	**remember** [rɪˋmɛmbɚ]	**4**	**mayor** [ˋmeɚ / ˋmɛɚ]
	vt. 記得		*n.* 市長
2	**leader** [ˋlidɚ]	**5**	**familiar** [fəˋmɪljɚ]
	n. 領導者		*a.* 熟悉的
3	**doctor** [ˋdɑktɚ]	**6**	**nature** [ˋnetʃɚ]
	n. 醫生		*n.* 自然；性質

句子練習 Sentence Practice

1 Remember to turn off the lights before leaving the office.
離開辦公室前記得關燈。

2 A good leader should be a man of vision.
好的領導者應該是要有遠見的人。

3 You should follow the doctor's advice.
你應該遵從醫師的建議。

4 I've decided to run for mayor.
我決定參選市長。

5 I'm not familiar with the procedure.
我對流程不熟悉。

6 I want to go back to nature.
我想要回歸自然的生活方式。

發音練習 More Practice

務必記得 [ɝ] 和 [ɚ] 的發音方式完全相同，只是 [ɝ] 出現在單音節或重音節的字中；而 [ɚ] 的發音則出現在弱音節的字中。以下再多列幾個單字讓大家練習。

[ɝ]	[ɚ]
dirt [dɝt] *n.* 泥土	letter [ˋlɛtɚ] *n.* 字母；信
bird [bɝd] *n.* 鳥	temper [ˋtɛmpɚ] *n.* 脾氣
worm [wɝm] *n.* 蚯蚓；蠕蟲	teacher [ˋtitʃɚ] *n.* 老師
world [wɝld] *n.* 世界	master [ˋmæstɚ] *n.* 主人

雙母音 [aɪ]

常出現在字母 i、y 中與下列字母組合：
(1) i + 子音字母 (如 p, d, t 等) + e
(2) ie、igh

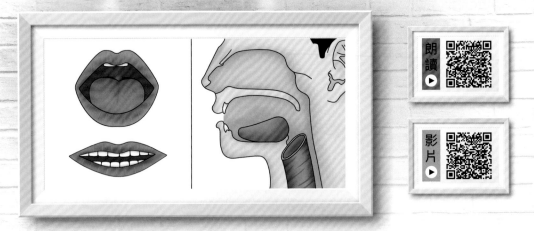

朗讀

影片

◆ 發音技巧 Pronunciation Skills

本音標符號乃由兩個單母音 [ɑ] 與 [ɪ] 結合而成，故稱雙母音。發 [aɪ] 音時先發 [ɑ] 的音 (類似國字『啊』的國語發音)；再發 [ɪ] 的音 (類似部隊行進喊口令時的 『一、二、一』中的『一』的聲音)。唸 [ɑ] 及 [ɪ] 時中間不停頓，連成一體，聽起來頗像注音符號的『ㄞ』或國字『愛』的發音。

◆ 特別提醒 Tips

[aɪ] 雖是 [ɑ] 與 [ɪ] 結合而成的，但是書寫時，不可寫成 [ɑɪ]，必須寫成 [aɪ]。

開口讀 Repeat after me

🎙 單字練習 Word Practice

1	**bike** [baɪk] *n.* 腳踏車 & *vi.* 騎腳踏車	5	**ride** [raɪd] *n.* 便車 & *vt.* & *vi.* 搭乘
2	**find** [faɪnd] *vt.* 發現；認為	6	**light** [laɪt] *n.* 光線 (不可數)
3	**idea** [aɪˋdɪə / aɪˋdɪə] *n.* 點子，想法	7	**tie** [taɪ] *n.* 領帶 & *vt.* 綁
4	**child** [tʃaɪld] *n.* 孩子		

🎙 句子練習 Sentence Practice

1 I usually go to school by bike.
我通常騎腳踏車去上學。

2 I find this book very interesting.
我發現這本書很有趣。

3 I have no idea what you're talking about.
我聽不懂你在講什麼。

4 I lived in the US as a child.
我小時候住在美國。

5 Henry gave me a ride home.
亨利順道載我回家。

6 Light came into the room.
光照進房裡。

7 Peter always wears a shirt and tie to work.
彼得總是穿著襯衫打著領帶去上班。

發音比較 Comparison

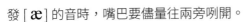 [æ] **VS** [aɪ]

發 [æ] 的音時，嘴巴要儘量往兩旁咧開。

發 [aɪ] 的音時要先唸 [ɑ] 再壓成扁平狀唸 [ɪ]。有點類似中文發音『愛依』。

bat [bæt] *n.* 蝙蝠

bite [baɪt] *vt. & vi. & n.* 咬

fat [fæt] *a.* 肥胖的

fight [faɪt] *vt. & vi. & n.* 打架

rat [ræt] *n.* 老鼠

write [raɪt] *vt.* 寫

Unit 20

雙母音 [aʊ]

常出現在右列字母組合：**ou**、**ow**

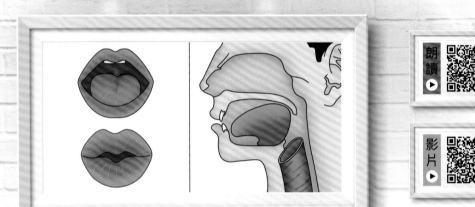

朗讀 ▶

影片 ▶

◆ 發音技巧 Pronunciation Skills

本音標符號乃由兩個單母音 [ɑ] 與 [ʊ] 結合而成，故稱雙母音。發音時先發 [ɑ] 的音（類似國字『啊』的發音），再發 [ʊ] 的音（類似注音符號『ㄨ』或國字『嗚』的發音）。跟所有雙母音發音原理一樣，唸 [ɑ] 及 [ʊ] 時中間不需要停頓，連成一體，像是國字『啊嗚』的連續發音。

◆ 特別提醒 Tips

[aʊ] 雖是 [ɑ] 與 [ʊ] 結合而成的，但書寫時要寫成 [aʊ] 而非 [ɑʊ]。

單字練習 Word Practice

1	**house** [haʊs] *n.* 房子 & *vt.* 存放；收藏	4	**town** [taʊn] *n.* 城鎮；商業區
2	**ground** [graʊnd] *n.* 地面	5	**clown** [klaʊn] *n.* 小丑
3	**count** [kaʊnt] *vt.* 計算，數數 & *vi.* 重要	6	**flower** [ˋflaʊɚ] *n.* 花

句子練習 Sentence Practice

1 The museum houses 500 works of art.
博物館收藏了五百件藝術品。

2 Henry fell to the ground and hurt his ankle.
亨利摔倒在地，弄傷了腳踝。

3 It's the thought that counts.
心意才是最重要的。

4 Can you give me a ride to town?
你可以順道載我進城嗎？

5 I used to be a class clown.
我過去曾是班上的活寶。

6 I picked some flowers.
我摘了一些花。

發音練習 More Practice

發 [aʊ] 的技巧是，先發 [ɑ] 的音，此時雙唇要盡量上下拉大，緊接著把嘴巴收小，唸出 [ʊ] 的音。我們可以藉由以下幾個字多練習一下。

ou	ow
doubt [daʊt] *vt.* 懷疑	**owl** [aʊl] *n.* 貓頭鷹
drought [draʊt] *n.* 乾旱	**cow** [kaʊ] *n.* 乳牛
cloud [klaʊd] *n.* 雲	**down** [daʊn] *adv.* 往下

雙母音（捲舌）[ɛr]

常出現在右列字母組合：**air**、**are**、**ear**、**ere**

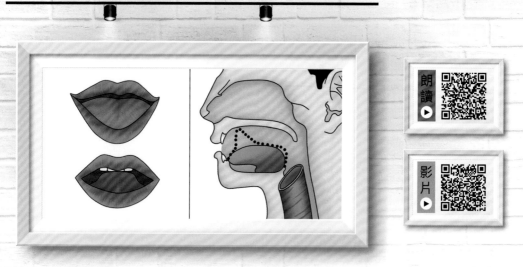

朗讀 ▶

影片 ▶

◆ 發音技巧 Pronunciation Skills

發音原則與發 [ɑr]、[ɔr] 或 [ʊr] 的音相似，先唸 [ɛ]，然後將舌頭捲起，發出捲舌音即可。

◆ 特別提醒 Tips

發 [ɛ] 與 [ɚ] 的音時，不可停頓，要一氣呵成地自然過渡。與 [ɑr] 一樣，本來 [ɛr] 的寫法理論上應為 [ɛɚ]，實際則寫成 [ɛr]。

單字練習 Word Practice

1	**chair** [tʃɛr] *n.* 椅子	4	**share** [ʃɛr] *vt.* 共享；分享
2	**fair** [fɛr] *a.* 公平的；(天氣)晴朗的	5	**bear** [bɛr] *n.* 熊
3	**careful** [ˋkɛrfḷ] *a.* 仔細的	6	**there** [ðɛr] *adv.* 那裡；有(與 be 動詞連用)

CH
2

Unit
21

句子練習 Sentence Practice

1. I need a chair to sit on.
   我需要一張椅子坐坐。

2. It's not fair to be hard on the little boy.
   嚴苛對待那個小男孩，太不公平了。

3. You'll have to be careful with money.
   你對錢要精打細算。

4. I share this apartment with two roommates.
   我和其他兩位室友共用這間公寓。

5. I see a black bear in the cage.
   我看到籠子裡有一隻黑熊。

6. There is a dog in the living room.
   客廳裡有隻狗。

有 [ɛr] 母音的單字多出現在 "are"、"air" 或 "ear" 這三種字母組合中，特別注意不要唸成 [ær] 或 [er]。我們可以藉由以下幾個字多練習一下。

are	air	ear
spare [spɛr] *vt.* 騰出	**air** [ɛr] *n.* 空氣	**wear** [wɛr] *vt.* 穿／戴著
rare [rɛr] *a.* 稀有的	**flair** [flɛr] *n.* 天分	**pear** [pɛr] *n.* 梨
fare [fɛr] *n.* (交通工具的) 費用	**hair** [hɛr] *n.* 頭髮	**tear** [tɛr] *vt.* 撕

Unit 22

雙母音 (捲舌) [ɪr]

常出現在下列字母組合：
ear、eer、ere、ier

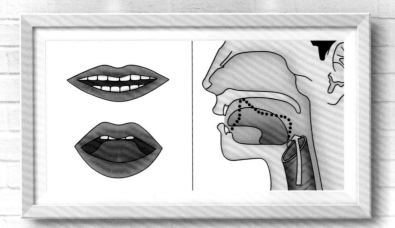

朗讀
▶

影片
▶

◆ 發音技巧 Pronunciation Skills

發音方式與發 [ɑr]、[ɔr]、[ʊr] 或 [ɛr] 的音時相似。先唸 [ɪ]，然後將舌頭捲起，發出捲舌音即可。

◆ 特別提醒 Tips

發 [ɪ] 與 [ɚ] 的音時，不可停頓，要一氣呵成地自然過渡。與 [ɛr] 一樣，本來 [ɪr] 的寫法理論上應為 [ɪɚ]，實際則寫成 [ɪr]。

發音比較  Comparison

● [εr] VS [ɪr]

這兩個發音挺接近的，需要多練習加以區別。

bear [bɛr] *n.* 熊

beer [bɪr] *n.* 啤酒

fair [fɛr] *a.* 公平的

fear [fɪr] *n.* & *vt.* 害怕

rare [rɛr] *a.* 稀有的

rear [rɪr] *a.* 後部的

Olga Popova / Shutterstock.com

70

Unit 23

雙母音（不捲舌）[Iə]

常出現在右列字母組合：**ea**

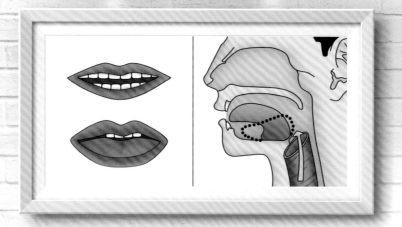

朗讀 ▶

影片 ▶

◆ 發音技巧 Pronunciation Skills

發 [Iə] 的音時，利用雙母音的發音技巧，先發短母音 [I] 的音，再發 [ə] 的音，中間不能停頓，要一氣呵成。

◆ 特別提醒 Tips

這裡的尾音 [ə] 的發音是不捲舌的，不要誤發成捲舌音 [ɚ]。

雙母音 (不捲舌) [iə]

常出現在右列字母組合：**ea**

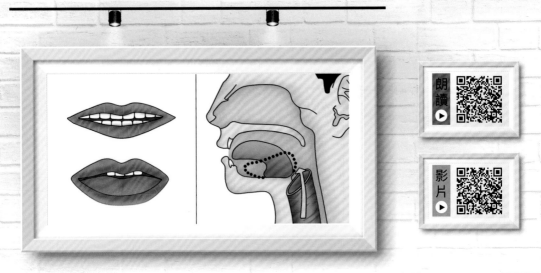

朗讀 ▶

影片 ▶

◆ 發音技巧 Pronunciation Skills

發 [iə] 的音時，利用雙母音的發音技巧，先發長母音 [i] 的音，再發 [ə] 的音，中間不能停頓，要一氣呵成。

◆ 特別提醒 Tips

這裡的尾音 [ə] 的發音也是不捲舌的，不要誤發成捲舌音 [ɚ]。

開口讀 Repeat after me

單字練習 Word Practice

1	**ear** [ɪr] *n.* 耳朵	4	**fierce** [fɪrs] *a.* 兇猛的
2	**beer** [bɪr] *n.* 啤酒	5	**realize** [ˋrɪəˌlaɪz / ˋriəˌlaɪz] *vt.* 理解，意識到
3	**here** [hɪr] *adv.* 這裡	6	**ideal** [aɪˋdiəl] *n.* 理想 & *a.* 理想的

句子練習 Sentence Practice

1. I'm all ears.
   我洗耳恭聽。

2. My father has a beer belly.
   我父親有啤酒肚。

3. There is garbage here and there.
   到處都是垃圾。

4. I'm afraid of the fierce dog.
   我害怕那隻兇猛的狗。

5. I didn't realize the seriousness of the problem.
   我沒意識到問題的嚴重性。

6. The weather is ideal for an outing to the beach.
   今天的天氣適合去海邊郊遊。

Chapter

子音的正確發音 Consonants

子音是英文發音的輔助音,子音與母音組合產生音節,從而形成英語多樣的發音。子音有兩種,一種是不需要振動聲帶發聲的無聲子音,另一種是需要振動聲帶發聲的有聲子音。本章中前八個單元的無聲子音和有聲子音是成對出現的,發音的嘴型基本一致,主要區別在於無聲子音不要振動聲帶,而有聲子音需要。在做發音練習的時候可以成對練習,仔細體會其中的區別。

作為發音的輔助元素,子音一共有下列 24 個:

[p] [b] [t] [d] [k] [g] [f] [v]

[θ] [ð] [s] [z] [ʃ] [ʒ] [tʃ] [dʒ]

[m] [n] [ŋ] [l] [r] [j] [h] [w]

無聲子音 [p]

常出現在有英文字母 **p** 的單字中。

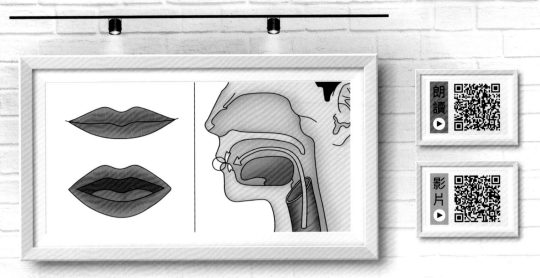

朗
讀
▶

影
片
▶

◆ 發音技巧 Pronunciation Skills

發這個音的時候，首先雙唇輕輕閉合，然後壓迫氣息，使氣息突破雙唇而出，注意無聲子音不要振動聲帶。

[p] 在母音前的時候，發音類似注音符號『ㄆ』的無聲音。

[p] 在母音後的時候，發音類似注音符號『ㄆㄨˇ』或國字『普』的無聲音。

◆ 特別提醒 Tips

[p] 在字尾出現時，在正常或快速的英語交談中，實際並不發出『ㄆㄨˇ』或國字『普』的無聲音，而是將雙唇輕輕閉合憋氣即可。

🔑 單字練習 Word Practice

1	**pick** [pɪk]	4	**nap** [næp]
	vt. 用手摘；挖，剔		*n.* 小睡片刻
2	**pass** [pæs]	5	**tip** [tɪp]
	vt. 免掉（與 on 並用）		*n.* 小費
3	**keep** [kip]	6	**top** [tɑp]
	vt. 保有		*n.* 頂部

🔑 句子練習 Sentence Practice

1 Don't pick your nose in public.
別在公開場合挖鼻孔。

2 I'm full, so I think I'll pass on dessert.
我飽了，所以甜點就免了吧。

3 Keep the change.
不用找錢。

4 Take a nap if you're tired.
如果你累了的話就小睡片刻。

5 Tom always gives a generous tip.
湯姆總是會給豐厚的小費。

6 The hotel is located at the top of the mountain.
那家飯店座落在山頂。

發音比較 Comparison

🎙️ 比較 [p] 在母音前後的發音

[p] 在母音前的時候，發音類似注音符號『ㄆ』的無聲音。

[p] 在母音後的時候，發音類似注音符號『ㄆㄨˇ』或國字『普』的無聲音。

在母音之前 (before vowels)	在母音之後 (after vowels)
pig [pɪg] *n.* 豬	map [mæp] *n.* 地圖
pet [pɛt] *n.* 寵物	rap [ræp] *n.* 饒舌歌
pan [pæn] *n.* 平底鍋	deep [dip] *a.* 深的

Nick Biemans / Shutterstock.com

有聲子音 [b]

常出現在有英文字母 **b** 的單字中。

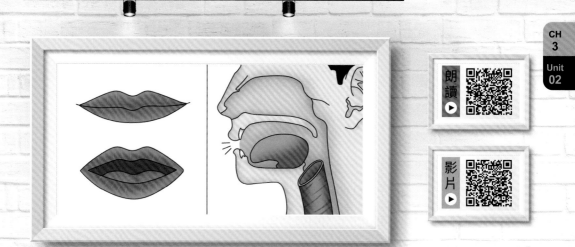

朗讀

影片

◆ 發音技巧 Pronunciation Skills

[b] 的發音與 [p] 大致相同。但發音時，雙唇要緊閉，然後壓迫氣息，使氣息由口腔突破雙唇而出，並振動聲帶。

[b] 在母音前的時候，發音類似注音符號『ㄅ』的有聲音。

[b] 在母音後的時候，發音類似注音符號『ㄅㄨˇ』或國字『補』的有聲音，但是聲音很弱，幾乎聽不見，甚至只緊閉雙唇憋氣，完全不發出聲音。

◆ 特別提醒 Tips

與 [p] 類似，[b] 在字尾出現時，在正常或快速的英語交談時，實際並不發出『ㄅㄨˇ』或國字『補』的有聲音，而是雙唇閉緊憋氣即可。

開口讀 Repeat after me

🎙 單字練習 Word Practice

1	**big** [bɪg] *a.* 大的	**4**	**rob** [rɑb] *vt.* 搶劫
2	**bag** [bæg] *n.* 袋子	**5**	**tub** [tʌb] *n.* 浴缸
3	**tab** [tæb] *n.* 帳款	**6**	**break** [brek] *vt.* 打破；說 (壞消息)

🎙 句子練習 Sentence Practice

1 The tree in the garden is quite big.
花園裡的那棵樹挺巨大的。

2 The little boy is a bag of bones.
那個小男孩瘦到只剩皮包骨。

3 The company will pick up the tab for your hotel room.
公司會替你的飯店房間買單。

4 The man robbed Judy of her purse.
那名男子搶了茱蒂的皮包。

5 The tub is leaking.
浴缸在漏水。

6 I don't want to break the bad news to you.
我不想告訴你這個壞消息。

發音比較 Comparison

 [p] [b]

[p] 是無聲子音，發音時不要振動聲帶，是有氣無聲。

[b] 是有聲子音，發音時振動聲帶，是有氣有聲。

我們來看以下兩者的區別：

pear [pɛr] *n.* 梨	**bear** [bɛr] *n.* 熊

pat [pæt] *vt.* 輕拍	**bat** [bæt] *n.* 蝙蝠

pan [pæn] *n.* 平底鍋	**ban** [bæn] *vt.* 禁止 & *n.* 禁令

Unit 03

無聲子音 [t]

常出現在有英文字母 **t** 的單字中。

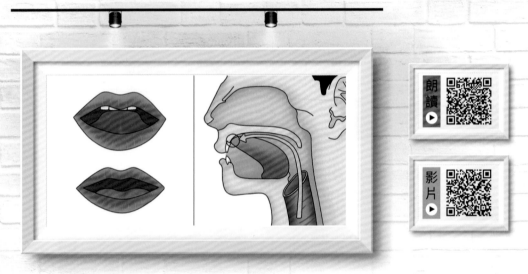

朗讀 ▶

影片 ▶

◆ 發音技巧 Pronunciation Skills

[t] 的發音與注音符號『ㄊ』的無聲音相同。

發音時,先將雙唇微微張開,舌尖抵住門牙後頭,憋氣,然後稍稍用力將舌尖彈開,不要振動聲帶。

◆ 特別提醒 Tips

[t] 出現在字尾時,可以按照上面介紹的發音技巧發音,但在快速或正常的英語交談中,[t] 通常不發出音來,只要做到將舌尖抵住門牙後頭再憋氣就好了,不用將舌尖彈開。

🔖 單字練習 **Word Practice**

1	**take** [tek] *vt.* 拿；從事	**4**	**diet** [`daɪət] *n.* 飲食習慣；節食
2	**teach** [titʃ] *vt.* 教導	**5**	**weight** [wet] *n.* 體重
3	**table** [`tebḷ] *n.* 餐桌	**6**	**rat** [ræt] *n.* 老鼠

🔖 句子練習 **Sentence Practice**

1 I want to take a shower.
我想沖個澡。

2 The accident taught me a lesson. (gh 不發音)
那場意外給了我一個教訓。

3 I'd like to book a table for two.
我想要預訂兩個人的桌位。

4 I am on a diet so that I can stay fit.
我在節食，以便能保持健康。

5 I work out at the gym to lose weight. (gh 不發音)
為了減重，我在健身房運動。

6 I smell a rat.
我感覺事有蹊蹺。

發音練習 More Practice

我們來練習一下 [t] 在字尾時慢速與正常速度的唸法。注意，在正常速度時，字尾的 [t] 並不發出聲音，只要做到舌尖抵住門牙後頭再憋氣就好，不要特別唸成中文的『特』。

(音標內的斜線 (/) 表示只做到舌尖抵住門牙後頭，再憋氣即可。)

慢速	正常語速
put [pʊt]	put [pʊ/]
get [gɛt]	get [gɛ/]
sit [sɪt]	sit [sɪ/]
rot [rɑt]	rot [rɑ/]

有聲子音 [d]

常出現在有英文字母 **d** 的單字中。

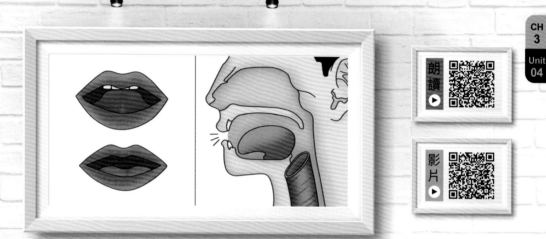

CH **3** Unit **04**

朗讀 ▶

影片 ▶

◆ 發音技巧 Pronunciation Skills

[d] 與 [t] 的發音原則大致相同。[d] 的發音有點類似注音符號『ㄉ』或國字『的』的發音，但聲音較為短促。

發音時，雙唇微開，舌尖抵住門牙後頭，憋氣，用力將舌尖彈開，振動聲帶即可。

◆ 特別提醒 Tips

同樣，字尾出現 [d] 的子音時，可以唸出 [d] 的完全發音，但是在日常生活中，只有在慢速的交談時或者為了強調，才會這樣發音。在用正常或快速的英語交談時，[d] 的音只要做到舌尖抵住門牙後頭，再憋氣即可。這就是所謂的只做其形不發其聲。

單字練習 Word Practice

1	**date** [det] *n.* 約會	4	**red** [rɛd] *a.* 紅色的 & *n.* 紅色；赤字
2	**debt** [dɛt] *n.* 債務（b 不發音）	5	**mad** [mæd] *a.* 生氣的
3	**door** [dɔr] *n.* 門	6	**sad** [sæd] *a.* 傷心的

句子練習 Sentence Practice

1 Paul went out on a date with his girlfriend.
保羅和他的女友去約會。

2 I need to pay off my debts.
我必須還清我的貸款。

3 Can you answer the door?
你可以去應門嗎？

4 The company is in the red.
公司處於負債中。

5 Susan is mad at me for being late.
蘇珊因為我遲到對我生氣。

6 I feel terribly sad about it.
我對此深感難過。

[t] **VS** [d]

[t] 是無聲子音，[d] 是有聲子音。兩者發音時，舌尖均應抵住門牙後頭憋氣，再將舌尖向內彈開。差別在於無聲子音發音時，聲帶不振動；有聲子音發音時，需要振動聲帶。

time [taɪm] *n.* 時間	**dime** [daɪm] *n.* 一角硬幣

tie [taɪ] *vt.* 綁	**die** [daɪ] *vi.* 死
	 Ttatty / Shutterstock.com

write [raɪt] *vt.* 寫	**ride** [raɪd] *vt.* 騎乘

CH
3
Unit
04

Unit 05

無聲子音 [k]

常出現在有英文字母 **c**、**k** 的單字中
及右列字母組合：**ck**、**ch**

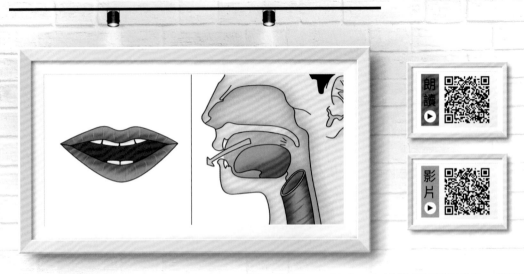

朗讀 ▶

影片 ▶

◆ 發音技巧 Pronunciation Skills

[k] 的發音很類似注音符號『ㄎ』或國字『可』的無聲音。

發此音時，雙唇微開，舌後根往上翹起並抵住口腔上方的軟顎部分，憋住氣，然後稍稍用力將舌彈開，使氣息從口衝出，如咳嗽般發出『ㄎ』或『可』的無聲音，不振動聲帶。

🔑 單字練習 Word Practice

1	**key** [ki] *n.* 鑰匙；關鍵	4	**account** [ə'kaʊnt] *n.* 帳戶
2	**think** [θɪŋk] *vt. & vi.* 思考	5	**accept** [ək'sɛpt] *vt.* 接受
3	**kitchen** ['kɪtʃɪn] *n.* 廚房	6	**schedule** ['skɛdʒul] *n.* 行程表

CH 3
Unit 05

🔑 句子練習 Sentence Practice

1 The key to success is hard work.
成功的關鍵是努力。

2 We need to think out of the box.
我們要跳出框架來思考。

3 If you can't stand the heat, get out of the kitchen.
如果你忍受不了廚房的熱，就離開廚房。（這句諺語是指『如果你覺得這件事太難，就別幹了。』，但有暗指你能力不夠的意思。）

4 I opened an account at the bank.
我在那家銀行開了帳戶。

5 Please accept my sincere apologies.
請接受我真誠的道歉。

6 We have fallen behind schedule.
我們進度落後了。

發音練習 More Practice

除了字母 k 發 [k] 的音之外，還有以下三種情形也會出現 [k] 的發音。

ce, ci, cy 之外的 c	x	ch
crop [krɑp] *n.* 農作物	**box** [bɑks] *n.* 箱子	**schedule** [ˋskɛdʒul] *n.* 行程表
collar [ˋkɑlɚ] *n.* 衣領	**fox** [fɑks] *n.* 狐狸	**school** [skul] *n.* 學校
rectangle [ˋrɛktæŋgḷ] *n.* 長方形	**sex** [sɛks] *n.* 性別	**scheme** [skim] *n.* 陰謀

◆ 特別提醒 Tips

當無聲子音 [k] 前面出現 [s] 的音時，無聲子音 [k] 的發音會變成有聲子音 [g] 的發音，這種規則被稱為無聲子音變有聲子音，更詳細的解釋請參照 CH4 Unit 03 [s] 之後的 [p]、[k]、[t] 唸成 [b]、[g]、[d] 的內容。

Unit 06

有聲子音 [g]

常出現在有英文字母 g 的單字中。

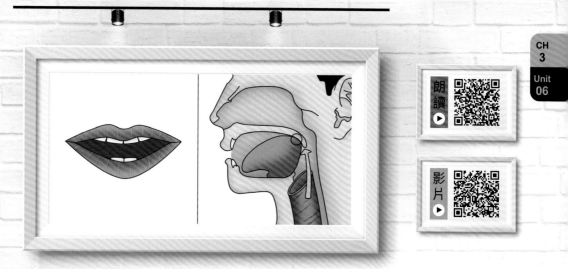

朗讀 ▶

影片 ▶

發音技巧 Pronunciation Skills

[g] 這個音的發音跟前面介紹的 [k] 的發音非常相似，技巧也跟 [k] 的發音一致，但是需要同時振動聲帶，發出類似『ㄍ』或『歌』的短促有聲音。

特別提醒 Tips

如果 [g] 這個音出現在字尾時，在正常的英語交談中，同樣會把『ㄍ』或『歌』的音發得很弱，弱到幾乎聽不到聲音。

開口讀  Repeat after me

🎙 單字練習 Word Practice

1	**goal** [gol]
	n. 目標

4	**bug** [bʌg]
	n. 蟲子 & *vt.* 煩擾

2	**good** [gʊd]
	a. 好的

5	**luggage** [ˈlʌgɪdʒ]
	n. 行李 (不可數)

3	**hug** [hʌg]
	n. & *vt.* 擁抱

6	**language** [ˈlæŋgwɪdʒ]
	n. 言詞 (不可數) ; 語言 (可數)

🎙 句子練習 Sentence Practice

1. You need to set yourself a goal.
   你得為自己訂一個目標。

2. This is very good news.
   這是非常好的消息。

3. Come and give me a hug.
   來給我一個擁抱。

4. Stop bugging me.
   別煩我。

5. How many pieces of luggage do you want to check in?
   你有多少件行李要託運？

6. Young man, watch your language.
   年輕人，注意一下你的言詞。

發音比較 Comparison

 [k] [g]

[k] 是無聲子音，而 [g] 是有聲子音，兩者發出的聲音都很短促。[g] 在字尾時所發的音很弱，幾乎聽不到。

coat [kot] *n.* 外套

goat [got] *n.* 山羊

lack [læk] *n.* 缺乏

lag [læg] *n.* 延遲

pluck [plʌk] *vt.* 摘；拔 (毛)

plug [plʌg] *n.* 插頭

CH
3
Unit
06

無聲子音 [f]

常出現在有英文字母 **f** 的單字中及下列字母組合：
-fe、-gh、ph

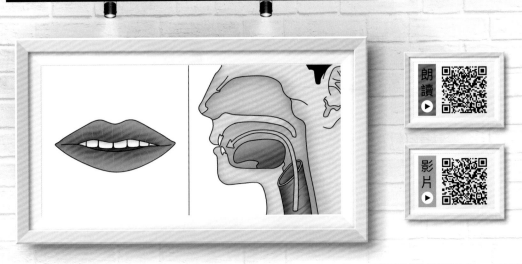

朗讀 ▶

影片 ▶

◆ **發音技巧** Pronunciation Skills

發此音時，上齒輕輕咬住下唇，將氣息從唇齒的縫隙輕輕吹出來，不振動聲帶。

◆ **特別提醒** Tips

我們在唸注音符號『ㄈㄨ』或國字『府』的發音時，會自動先將上齒輕輕咬住下唇，其實這就是 [f] 的正確發音嘴型了。

🎙️ 單字練習 Word Practice

1	**fog** [fɑg / fɔg] *n.* 霧	**4**	**cough** [kɔf] *vi.* 咳嗽
2	**roof** [ruf] *n.* 屋頂	**5**	**laugh** [læf] *vi.* 笑
3	**life** [lɑɪf] *n.* 生命	**6**	**photo** [ˈfoto] *n.* 照片

CH
3
Unit
07

🎙️ 句子練習 Sentence Practice

1 The flight is delayed because of thick fog.
班機因為濃霧而延誤。

2 The roof is leaking.
屋頂在漏水。

3 I had the time of my life in Hawaii.
我在夏威夷玩得很開心。

4 I couldn't stop coughing.
我當時咳嗽不止。

5 Don't laugh at her.
別嘲笑她。

6 I took a photo of the bridge.
我拍了那座橋的照片。

發音練習 **More Practice**

讓我們再多練習幾個 [f] 音的單字。

-ffe / -ff	-gh	ph
giraffe [dʒɪˋræf] *n.* 長頸鹿	**rough** [rʌf] *a.* 粗糙的	**telegraph** [ˋtɛləgræf] *n.* 電報
cliff [klɪf] *n.* 懸崖	**tough** [tʌf] *a.* 堅韌的	**dolphin** [ˋdɑlfɪn] *n.* 海豚
staff [stæf] *n.* (全體) 職員	**enough** [ɪˋnʌf] *a.* 足夠的	**phlegm** [flɛm] *n.* 痰

有聲子音 [v]

常出現在有英文字母 **v** 的單字中。

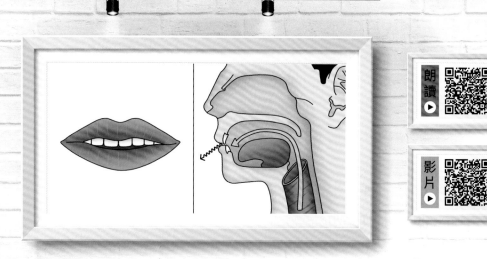

◆ **發音技巧** Pronunciation Skills

[v] 的發音原則與 [f] 大致相同。

發此音時，上齒輕咬住下唇，再用力將氣從唇齒的縫隙吹出來，但須振動聲帶。

◆ **特別提醒** Tips

[v] 的發音嘴型與 [f] 是大致相同的，也就是跟我們在唸注音符號『ㄈㄨ』或國字『府』的國語發音時的嘴型很相似，區別在於需要用力將氣從唇齒的縫隙吹出來，並振動聲帶。

開口讀 Repeat after me

🔖 單字練習 Word Practice

1	**voice** [vɔɪs] *n.* 聲音	4	**virus** [ˈvaɪrəs] *n.* 病毒
2	**nerve** [nɝv] *n.* 神經	5	**vacation** [veˈkeʃən / vəˈkeʃən] *n.* 假期
3	**move** [muv] *vt.* 使移動；使感動	6	**vegetarian** [ˌvɛdʒəˈtɛrɪən] *n.* 素食者

🔖 句子練習 Sentence Practice

1 Keep your voice down.
壓低你的音量。

2 Why are you always getting on my nerves?
你為什麼老是讓我心煩？

3 I was moved to tears.
我感動到落淚。

4 There is a virus going around the office.
辦公室裡流行著一種病毒。

5 I'll go on vacation next month.
我下個月要去度假。

6 I've become a vegetarian.
我已經改吃素了。

無聲子音 [θ]

常出現在右列字母組合：**th**

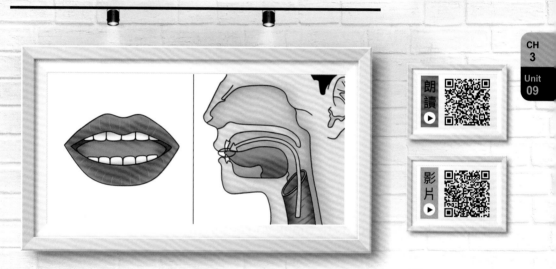

朗讀

影片

◆ 發音技巧 Pronunciation Skills

發此音時，雙唇微開，舌頭微微伸出，上下齒輕輕咬住舌頭，再將氣息從牙齒縫隙輕輕吹出來，不振動聲帶。

◆ 特別提醒 Tips

[θ] 發音吐氣的方式與注音符號『ㄙ』或國字『斯』的無聲音類似，不過要注意舌頭伸出，讓上下齒輕輕咬住，將氣輕輕吹出即可。

開口讀 Repeat after me

🎙 單字練習 Word Practice

1	**thank** [θæŋk] *vt.* 感謝	4	**tooth** [tuθ] *n.* 牙齒（單數）
2	**throat** [θrot] *n.* 喉嚨	5	**mouth** [mauθ] *n.* 嘴巴
3	**thirsty** [ˋθɝstɪ] *a.* 口渴的	6	**health** [hɛlθ] *n.* 健康

🎙 句子練習 Sentence Practice

1 I can't find the words to thank you enough.
我對您的感激之情難以言喻。

2 I have a sore throat.
我喉嚨痛。

3 I'm thirsty. I want to drink some water.
我好口渴，想要喝點水。

4 I have a sweet tooth.
我愛吃甜食。

5 My mouth is watering.
我流口水了。（形容食物吸引人。）

6 Staying up late is bad for your health.
熬夜對健康有害。

Unit 10

有聲子音 [ð]

常出現在右列字母組合：**th**、**the**

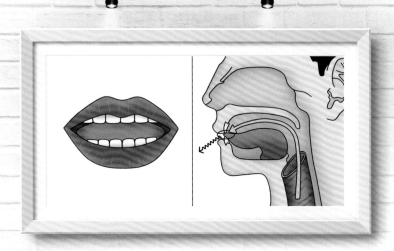

朗讀 ▶

影片 ▶

◆ 發音技巧 Pronunciation Skills

[ð] 的發音原則與 [θ] 大致相同。

區別在於唸 [ð] 時，在吐出氣息的時候，儘量用上下齒堵住，只須留少量氣息從牙齒縫隙中流出，並同時振動聲帶即可。

開口讀 Repeat after me

單字練習 Word Practice

1	**this** [ðɪs]
	pron. 這個

4	**father** [ˈfɑðɚ]
	n. 父親

2	**these** [ðiz]
	pron. 這些

5	**breathe** [brið]
	vi. 呼吸

3	**though** [ðo]
	n. & adv. 雖然；但是

6	**sunbathe** [ˈsʌnˌbeð]
	vi. 曬日光浴

句子練習 Sentence Practice

1 Kate, this is James.
凱特，這位是詹姆士。

2 Computers are popular these days.
當今電腦非常普及。

3 Gary is nice. I don't like him, though.
蓋瑞人很好，不過我不喜歡他。

4 I'm a father of two.
我是兩個小孩的父親。

5 I breathed deeply before speaking.
我在開始演講前做了幾次深呼吸。

6 We are sunbathing on the beach.
我們在海灘上曬日光浴。

發音比較 **Comparison**

  [θ] **Vs** [ð]

breath [brɛθ] *n.* 呼吸；氣息

breathe [brið] *vi.* 呼吸

thermometer
[θɚˋmɑmətɚ] *n.* 溫度計

brother [ˋbrʌðɚ] *n.* 兄弟

bath [bæθ] *n.* 浴缸

bathe [beð] *vi.* 泡澡

無聲子音 [s]

常出現在有英文字母 **S** 或 **C** 的單字中。

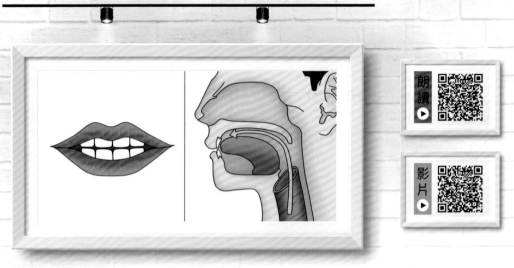

朗讀
影片

◆ 發音技巧 **Pronunciation Skills**

[S] 的發音類似於注音符號『ㄙ』或國字『斯』發音的無聲音。

發此音時，雙唇微張，上下齒輕輕閉合，向外吹氣，不振動聲帶。

單字練習 Word Practice

1	**same** [sem]	4	**speak** [spik]
	a. 相同的		*vt.* 說（語言）
2	**see** [si]	5	**city** [ˈsɪtɪ]
	vt. 看到		*n.* 城市
3	**piece** [pis]	6	**juicy** [ˈdʒusɪ]
	n. 件		*a.* 多汁的

句子練習 Sentence Practice

1 Jack and I went to the same college.
傑克和我唸同一所大學。

2 Do you see the girl over there?
你看到那邊那個女孩子了嗎？

3 There are five pieces of furniture in the living room.
客廳裡有五件傢俱。

4 We speak the same language.
我們說同一種語言。

5 I prefer to live in the city.
我比較喜歡住在城市裡。

6 My mouth was watering when I saw the juicy steak.
我看到那塊多汁的牛排時嘴巴都流口水了。

特別提醒 Tips

❶ [s] 出現在單音節或是重音節的字中，之後有 [p]、
[k]、[t] 等子音時，則分別要唸成 [b]、[g]、[d] 的子音發音。

單音節	字典列出的音標	實際發音
space *n.* 空間	[spes]	[sbes]
school *n.* 學校	[skul]	[sgul]
stop *vi.* 停止	[stɑp]	[sdɑp]

重音節	字典列出的音標	實際發音
spacious *a.* 寬敞的	[ˋspeʃəs]	[ˋsbeʃəs]
schooling *n.* 學校教育	[ˋskulɪŋ]	[ˋsgulɪŋ]
starter *n.* 初級者	[ˋstɑrtɚ]	[ˋsdɑrtɚ]

❷ [s] 出現在非重音節的字中，之後有 [p]、[k]、[t] 等子音時，理論上這些子
音應維持原來的唸法，然而在美語中均唸成 [b]、[g]、[d]。

非重音節	字典列出的音標	實際發音
whisper *n.* 悄悄話	[ˋwɪspɚ]	[ˋwɪsbɚ]
whiskey *n.* 威士忌酒	[ˋwɪskɪ]	[ˋwɪsgɪ]
sister *n.* 姊妹	[ˋsɪstɚ]	[ˋsɪsdɚ]

❸ [s] 出現在字尾，之前有 [t] 子音時，[t] 與 [s] 不可以分開唸成『特斯』，而必
須將 [ts] 當作一個音，唸成類似注音符號『ㄘ』或國字『刺』的發音，但不振
動聲帶。

單數	複數
bat [bæt] *n.* 蝙蝠	**bats** [bæts]
student [ˋstudn̩t] *n.* 學生	**students** [ˋstudn̩ts]
seat [sit] *n.* 座位	**seats** [sits]

發音比較 Comparison

[θ] VS [s]

兩者為無聲子音，國人常將兩者搞混，發音時要特別注意。
唸 [θ] 時舌頭要伸出在上下牙齒中間，也就是必須輕輕咬住舌頭，再吐氣。
唸 [s] 時則不需要咬住舌頭，發出像是蛇的嘶嘶聲。

thick [θɪk] *a.* 厚的	**sick** [sɪk] *a.* 生病的

thing [θɪŋ] *n.* 東西	**sing** [sɪŋ] *vt. & vi.* 唱歌

think [θɪŋk] *vi.* 想	**sink** [sɪŋk] *vi.* 沉沒

myth [mɪθ] *n.* 神話

miss [mɪs] *vt.* 錯過

math [mæθ] *n.* 數學

mass [mæs] *a.* 大眾的

Miger / Shutterstock.com

mouth [mauθ] *n.* 嘴巴

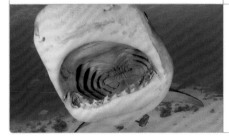

mouse [maus] *n.* 老鼠

有聲子音 [z]

常出現在有英文字母 **z** 或 **s** 的單字中。

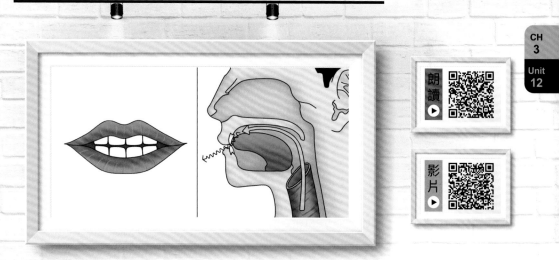

朗讀

影片

發音技巧 Pronunciation Skills

國語並無類似 [z] 的音，不過 [z] 的發音原則與前面介紹過的 [s] 大致相同，只是 [z] 要振動聲帶，[s] 則不振動聲帶。

🔖 單字練習 Word Practice

1	**zoo** [zu] *n.* 動物園	**4**	**nose** [noz] *n.* 鼻子
2	**zero** [ˈzɪro / ˈziro] *n.* 零	**5**	**pause** [pɔz] *n. & vi.* 暫停
3	**breeze** [briz] *n.* 微風	**6**	**busy** [ˈbɪzɪ] *a.* 忙碌的

🔖 句子練習 Sentence Practice

1 The zoo was crowded yesterday.
動物園昨天很擁擠。

2 It was twenty degrees below zero last night.
昨晚零下二十度。

3 I felt great as a gentle breeze blew over my face.
一陣輕柔的微風吹拂我的臉時，我感到舒服極了。

4 I have a runny nose.
我一直流鼻水。

5 The rain fell without pause.
雨不停地下著。

6 I'm busy washing the dishes.
我正忙著洗碗。

[ð] [z]

clothe [kloð] *vt.* 使穿衣	**cloze** [kloz] *vt.* 關閉

breathe [brið] *vi.* 呼吸	**breeze** [briz] *n.* 微風

feather [ˈfɛðɚ] *n.* 羽毛	**freezer** [ˈfrizɚ] *n.* 冷凍櫃

[S] 是無聲子音，[Z] 是有聲子音。不過 [Z] 出現在字尾時，除非強調，否則在正常速度的口語中，[Z] 發出的聲音很輕，幾乎像是無聲子音。

loose [lus] *a.* 鬆的

lose [luz] *vt.* 輸

race [res] *n.* 比賽

raze [rez] *vt.* 徹底摧毀

CHEN WS / Shutterstock.com

rice [raɪs] *n.* 米

rise [raɪz] *vi.* 上升

無聲子音 [ʃ]

常出現在有英文字母 **c**、**s** 的單字中

及右列字母組合：**sh**、**-tion**

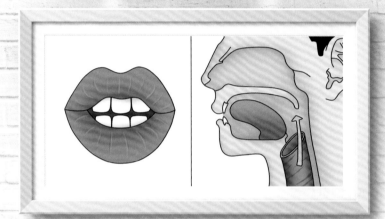

朗讀 ▶

影片 ▶

◆ 發音技巧 Pronunciation Skills

此音類似注音符號『ㄕ』或國字『使』的無聲音。

發此音時，雙唇翹起向前突出，上下齒微閉，舌頭上揚，向外吹氣，不振動聲帶。

開口讀 Repeat after me

🎙 單字練習 Word Practice

1	**sure** [ʃʊr]	4	**lotion** [ˋloʃn̩]
	a. 肯定的；確信的		n. 護膚油
2	**sheepish** [ˋʃipɪʃ]	5	**attention** [əˋtɛnʃn̩]
	a. 羞怯的		n. 注意
3	**selfish** [ˋsɛlfɪʃ]	6	**special** [ˋspɛʃl̩]
	a. 自私的		a. 特別的

🎙 句子練習 Sentence Practice

1 Are you sure about that?
關於那件事你確定嗎？

2 Mike is too sheepish to ask anyone for help.
麥克過於害羞而不敢尋求任何人的協助。

3 Linda has few friends because she's selfish.
琳達很自私，所以沒什麼朋友。

4 Did you put on suntan lotion?
你塗防曬油了嗎？

5 You need to pay attention to the teacher.
你要注意聽老師講話。

6 There is something special about Brian.
布萊恩有個特別之處。

[S] vs [ʃ]

[S] 的發音類似注音符號的『ㄙ』，不振動聲帶。

[ʃ] 的音標出現在字首時，發類似注音符號的『ㄕ』；若出現在字尾時，發類似國字的『噓』，均不振動聲帶。

song [sɔŋ] *n.* 歌曲

shone [ʃon] *vi.* 照耀
（shine 的過去式及過去分詞）

same [sem] *a.* 相同的

shame [ʃem] *n.* 羞恥

sea [si] *n.* 海洋

she [ʃi] *pron.* 她

CH
3

Unit
13

有聲子音 [ʒ]

常出現在右列字母組合：**-sure、-sion**

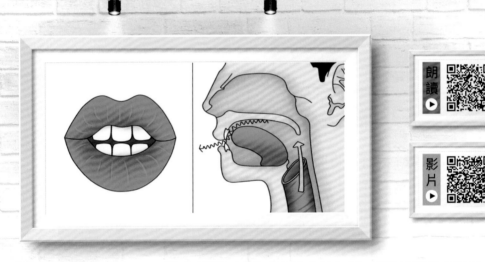

朗讀

影片

發音技巧 Pronunciation Skills

國語並無 [ʒ] 的音，不過 [ʒ] 的發音原則與前面的 [ʃ] 大致相同，類似注音符號『ㄖ』或國字『日』的發音。

發此音時，嘴型與發 [ʃ] 的音時一致，雙唇翹起向前突出，上下齒微閉，舌頭上揚，振動聲帶。

🎙 單字練習 *Word Practice*

1	**pleasure** [`plɛʒə]	**4**	**leisure** [`liʒə]
	n. 快樂；愉悅；榮幸		*n.* 空閒
2	**treasure** [`trɛʒə]	**5**	**occasion** [ə`keʒn]
	n. 寶藏 & *vt.* 珍惜		*n.* 場合；時刻
3	**measure** [`mɛʒə]	**6**	**television** [`tɛlə‚vɪʒn]
	n. 措施		*n.* 電視

CH
3

Unit
14

🎙 句子練習 *Sentence Practice*

1 Nick takes no pleasure in his work.
尼克從工作中得不到樂趣。

2 I treasure our friendship.
我珍惜我們的友情。

3 We must take measures to reduce crime.
我們必須採取措施以減少犯罪。

4 Surfing is my favorite leisure activity.
衝浪是我最愛的休閒活動。

5 I've met Dan on several occasions.
在幾次場合上我見過阿丹。

6 You spend too much time watching television.
你花太多時間看電視了。

117

特別提醒 Tips

我們使用以下經典例子來比較 [ʒ] 跟 [ʃ] 的差別。

發 [ʒ] 的音時，類似國語的『熱』的有聲子音。

發 [ʃ] 的音時，類似國語的『噓』的無聲子音。

跟著外籍老師的發音，仔細分辨兩者的區別。

[ʒ]	[ʃ]
pleasure [ˋplɛʒɚ] *n.* 快樂	**pres**sure [ˋprɛʃɚ] *n.* 壓力

無聲子音 [tʃ]

常出現在右列字母組合：**ch、tch**

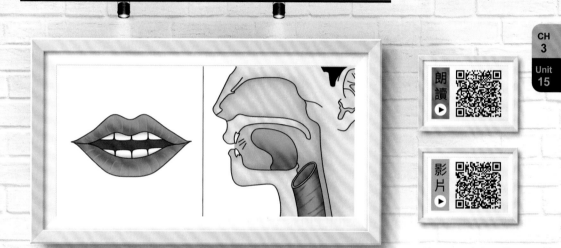

朗讀

影片

◆ **發音技巧** Pronunciation Skills

[tʃ] 是 [t] 與 [ʃ] 兩個無聲子音結合而成。在字首出現時，發音類似注音符號
『ㄑ－ˇ』或國字『起』的無聲音；把聲音發得較短促即可。

◆ **特別提醒** Tips

[tʃ] 與 [ʃ] 的發音嘴型是相同的。發音時，雙唇微微翹起向前突出，上下齒微閉，
幾乎咬在一起，舌頭微微上揚，然後憋氣，再出力使氣息突破上下齒而出，發出類
似『ㄑ－ˇ』或『起』的短促無聲音。

🎙 單字練習 Word Practice

1	**chase** [tʃes] *vt.* & *n.* 追逐	4	**lunch** [lʌntʃ] *n.* 午餐
2	**chicken** ['tʃɪkɪn] *n.* 雞 & *vi.* 退縮	5	**catch** [kætʃ] *vt.* 趕上 (公車、火車、飛機等)
3	**teach** [titʃ] *vt.* 教導	6	**watch** [watʃ] *n.* 手錶

🎙 句子練習 Sentence Practice

1 James is always chasing girls.
詹姆士總是在追求女生。

2 I chickened out at the last minute.
我在最後一刻退縮了。

3 Can you teach me how to speak English?
您可教我如何說英文嗎？

4 Lunch is on me.
午餐我請客。

5 I must leave. I have to catch a train.
我得走了。我要趕搭火車。

6 What time is it by your watch?
你的錶顯示現在幾點了？

發音練習 More Practice

除了 ch 或 tch 要唸 [tʃ] 之外，有一些 t 的音也要唸成 [tʃ] 的音。

nature [ˈnetʃɚ] *n.* 自然	**mature** [məˈtʃur] *a.* 成熟的
lecture [ˈlɛktʃɚ] *n.* (課堂) 講授	**culture** [ˈkʌltʃɚ] *n.* 文化
picture [ˈpɪktʃɚ] *n.* 圖畫	**future** [ˈfjutʃɚ] *n.* 未來

有聲子音 [dʒ]

常出現在有英文字母 **j**、**g** 的單字中
及右列字母組合：**-ge**、**-dge**

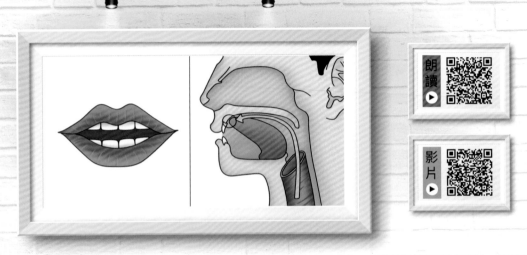

朗讀 ▶

影片 ▶

◆ 發音技巧 Pronunciation Skills

發 [dʒ] 是由 [d] 與 [ʒ] 兩個有聲子音結合而成，有點類似注音符號『ㄐㄧˇ』或國字『擠』的發音，但聲音更為短促。[dʒ] 的發音嘴型與 [tʃ] 是相同的，發此音時注意憋氣，然後用力使氣息振開上下唇而出，同時振動聲帶即可。

◆ 特別提醒 Tips

為了方便發音，[dʒ] 在母音前出現時，有人索性把它發成類似『ㄓ』或國字『指』的音。[dʒ] 出現在字尾時，有人則把它唸成『ㄐㄧˇ』或國字『擠』的音，實際發出的聲音幾乎接近無聲子音。

開口讀 Repeat after me

單字練習 Word Practice

1	**joy** [dʒɔɪ] *n.* 愉快	4	**stage** [stedʒ] *n.* 階段；舞臺
2	**enjoy** [ɪnˋdʒɔɪ] *vt.* 喜歡；享受	5	**bridge** [brɪdʒ] *n.* 橋
3	**age** [edʒ] *n.* 年紀	6	**judge** [dʒʌdʒ] *n.* 法官；鑑定者

句子練習 Sentence Practice

1. To my great joy, Jane agreed to marry me.
   令我很高興的是，阿珍答應嫁給我。

2. I enjoy learning English with Johnny.
   我很喜歡和強尼一起學英語。

3. Jay showed great talent at the age of ten.
   阿傑十歲時就展現了出色的天分。

4. You should work hard at this stage of life.
   你在人生這個階段應該努力工作。

5. We crossed the bridge over the river.
   我們跨越了河上的橋。

6. My father is a good judge of character.
   我父親擅長判斷別人的性格。

發音比較 Comparison

[tʃ] vs [dʒ]

[tʃ] 是無聲子音，在字尾時，發音相當弱，類似國字『起』的短促無聲音。

[dʒ] 是有聲子音，在字尾時，發音很弱，有點像國字『擠』的短促有聲音，但幾乎聽不見。

cheap [tʃip] *a.* 便宜的

jeep [dʒip] *n.* 吉普車

SurangaSL / Shutterstock.com

ranch [ræntʃ] *n.* 農場

range [rændʒ] *n.* 範圍

branch [bræntʃ] *n.* 樹枝

bridge [brɪdʒ] *n.* 橋

Unit 17

有聲子音 [m]

常出現在有英文字母 **m** 的單字中。

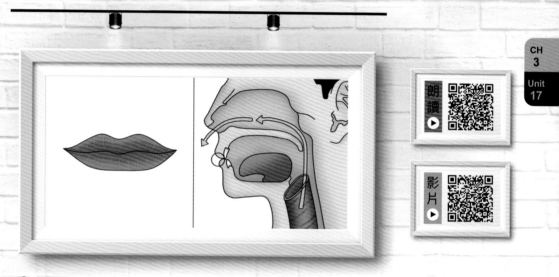

朗讀

影片

◆ 發音技巧 Pronunciation Skills

[m] 的發音其實非常簡單。發音時,雙唇閉合,舌頭平放,振動聲帶,氣息從鼻腔發出來即可。發出的聲音就像我們在思考問題的時候,閉著嘴巴發出『嗯』的鼻音 (切記不要張嘴)。注意這個音是有聲子音,需要振動聲帶。

◆ 特別提醒 Tips

為了方便發音,有人將 [m] 當作下列兩種發音:

(1) 在母音前發類似注音符號『ㄇ』的音。

(2) 在母音後要閉著嘴巴發出『嗯』的鼻音。

📍 單字練習 Word Practice

1	**man** [mæn] *n.* 男子	4	**climb** [klaɪm] *vt. & vi.* 爬；攀登
2	**name** [nem] *n.* 名字	5	**comb** [kom] *n.* 梳子 & *vt.* 梳
3	**room** [rum] *n.* 房間 (可數)；空間 (不可數)	6	**moonlight** [ˈmun͵laɪt] *n.* 月光 & *vi.* 兼差工作

📍 句子練習 Sentence Practice

1 Ken is a man of his word.
阿肯是個言而有信的人。

2 What's your name?
你叫什麼名字？

3 The table takes up too much room.
這張桌子占據太多空間了。

4 I like to go rock climbing on weekends.
我週末喜歡去攀岩。

5 Remember to comb your hair.
記得要梳頭髮。

6 Mary has been moonlighting as a taxi driver for years.
瑪麗多年來一直在兼差當計程車司機。

有聲子音 [n]

常出現在有英文字母 **n** 的單字中。

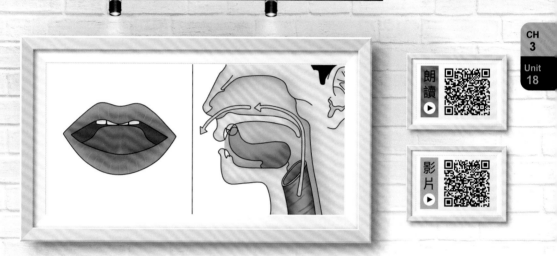

朗讀

影片

◆ 發音技巧 Pronunciation Skills

[n] 的發音很簡單。發音時，雙唇微張，舌尖上揚輕輕抵住上齒齦，振動聲帶，氣息從鼻腔發出來即可。發出的聲音就像我們張嘴唸『嗯』的尾音。注意這個音是有聲子音，需要振動聲帶。

◆ 特別提醒 Tips

為了方便發音，有人將 [n] 當作下列兩種發音：

(1) 在母音前發類似注音符號『ㄋ』的音。

(2) 在母音後發張嘴唸『嗯』的尾音 (別忘了要張嘴，舌尖輕輕抵住上齒齦)。

🎙 單字練習 Word Practice

1	**clean** [klin] *a.* 乾淨的	4	**pen** [pɛn] *n.* 筆
2	**fine** [faɪn] *a.* 好的 & *vt.* 罰款	5	**rain** [ren] *n.* 雨
3	**noon** [nun] *n.* 正午	6	**night** [naɪt] *n.* 晚上

🎙 句子練習 Sentence Practice

1 My desk is always clean.
我的書桌總是很乾淨。

2 I was fined for speeding.
我因為超速被罰款。

3 I'll be there by noon.
我會在中午前趕到那兒。

4 It's a slip of the pen.
這是筆誤。

5 I was caught in the heavy rain.
我被困在大雨中。

6 I felt better after a good night's sleep.
我好好睡了一夜後就感覺好多了。

發音比較 **Comparison**

🎙 [m] Vs [n]　Part 1

字尾有 [m] 的發音時，務必要將嘴巴閉緊。一般人最常犯的錯誤就是在唸 name 的時候，最後嘴巴沒閉緊。我們用以下幾個字多加練習並比較 [m] 和 [n] 的差別。

RAM [ræm] *n.* (電腦的) 記憶體

rain [ren] *n.* 雨 & *vi.* 下雨

ma'am [mæm] *n.* (尊稱) 女士

man [mæn] *n.* 男子

cram [kræm] *vi.* (考試前) 臨時死記硬背

crane [kren] *n.* 起重機

● [m] **vs** [n] Part 2

tame [tem] *a.* 溫馴的

tan [tæn] *n.* 曬成棕色的膚色

dam [dæm] *n.* 水壩

Dan [dæn] *n.* 阿丹 (男子名)

lame [lem] *a.* 跛腳的

lane [len] *n.* 巷子

Unit 19

有聲子音［ ŋ ］

常出現在右列字母組合：**ng**、**nk**

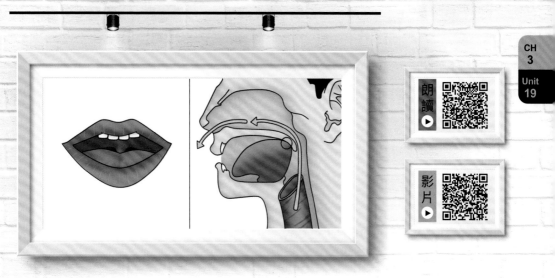

發音技巧 Pronunciation Skills

［ ŋ ］與前面說到的［ n ］的發音很類似，唯一不同處就是發［ ŋ ］的音時，舌尖要平放，不要抵住上齒齦。注意這個音也是有聲子音，需要振動聲帶發音。

發［ ŋ ］的音時，雙唇微張，舌頭平放，舌後根則上揚，抵住軟顎，振動聲帶，氣息從鼻腔發出來即可。發出的聲音似注音符號『ㄥ』或國字『橫』的尾音。

特別提醒 Tips

［ŋ］通常出現在字尾有 ng 或 nk 的英文字中。

開口讀 Repeat after me

單字練習 Word Practice

1 **long** [lɔŋ] *a.* 長的	**4** **thank** [θæŋk] *vt.* 感謝
2 **think** [θɪŋk] *vt.* 想；認為	**5** **bank** [bæŋk] *n.* 銀行
3 **sing** [sɪŋ] *vt. & vi.* 唱歌	**6** **junk** [dʒʌŋk] *n.* 垃圾

句子練習 Sentence Practice

1 I'm tired. It's been a long day.
我累了。這一天可真夠漫長的。

2 What are you thinking about?
你在想什麼？

3 The mother sang the baby to sleep.
那位媽媽哼著歌把寶寶哄睡了。

4 I can't find the words to thank you enough.
我找不到適當的話語來充分表達對你的感激之情。

5 I'm going to the bank to withdraw some money.
我正要到銀行提款。

6 Don't eat junk food because it's not good
for your health.
別吃垃圾食物因為它對健康有害。

發音比較 Comparison

[ŋ] **VS** [n]

發 [ŋ] 的音時，舌頭要平放，舌後根翹起抵住軟顎，聲音從鼻腔出來。
發 [n] 的音時，舌尖要抵住上齒齦。

sing [sɪŋ] *vi.* 唱

sin [sɪn] *n.* 罪

wing [wɪŋ] *n.* 機翼；翅膀

win [wɪn] *n.* 勝利 & *vi.* 贏

thing [θɪŋ] *n.* 東西

thin [θɪn] *a.* 瘦的

發 [ŋə] 的音時，要在 [ŋ] 後面加一個類似國字『爾』的發音。

發 [ŋgə] 的音時，要在 [ŋ] 後面加一個類似國字『戈爾』的發音。

singer [ˈsɪŋə] *n.* 歌手	**finger** [ˈfɪŋgə] *n.* 手指

hanger [ˈhæŋə] *n.* 衣架	**anger** [ˈæŋgə] *n.* 生氣

Unit 20

有聲子音 [l]

常出現在有英文字母 l 的單字中。

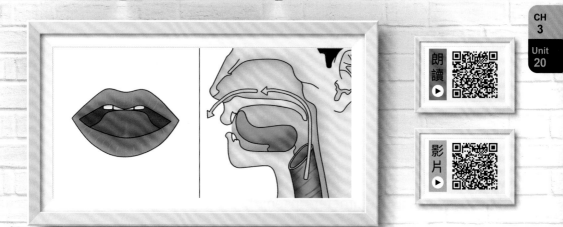

朗
讀
▶

影
片
▶

發音技巧 Pronunciation Skills

發 [l] 的音時,雙唇要張大些,舌尖翹起抵住上門牙後方,振動聲帶,氣息由舌頭兩側出來。[l] 的發音類似我們要發出注音符號『ㄌ』或國字『樂』之前的音,保持舌頭翹起抵住上門牙,並振動聲帶。

特別提醒 Tips

為了方便發音,有人將 [l] 當作下列兩種發音:

(1) 在母音前發注音符號『ㄌ』的音。

(2) 在母音後發類似注音符號『ㄡ』或國字『歐』的發音,不過務必要讓舌尖翹起,並且抵住上門牙後方。

135

🎙 單字練習 **Word Practice**

1	**length** [lɛŋθ]	4	**cold** [kold]
	n. 長度		*a.* 冷的
2	**lend** [lɛnd]	5	**goal** [gol]
	vt. 借出		*n.* 目標
3	**black** [blæk]	6	**world** [wɜld]
	a. 黑色的 & *n.* 黑色		*n.* 世界

🎙 句子練習 **Sentence Practice**

1 The river is two kilometers in length.
這條河長兩公里。

2 Can you lend me a helping hand?
你可以幫我一個忙嗎？

3 The color of the wall is black.
這面牆的顏色是黑的。

4 It's freezing cold today.
今天冷死了。

5 You need to set a goal for yourself.
你需要為自己定一個目標。

6 This meal is pretty good.
這頓飯很美味。

1 比較 [l] 與 [n]。

有些人容易將 [l] 和 [n] 兩個音混淆,所以我們用以下單字來練習一下。

lame [lem] *a.* 跛腳的	**name** [nem] *n.* 名字

2 比較 [l] 與 [r]。

我們來看以下練習。

clan [klæn] *n.* 親族	**lane** [len] *n.* 巷子	**locker** [ˋlɑkɚ] *n.* (學校、健身房或車站的) 置物櫃
crane [kren] *n.* 鶴; 起重機	**rain** [ren] *n.* 雨	**rocker** [ˋrɑkɚ] *n.* 搖滾樂手

CH 3
Unit 20

137

有聲子音 [r]

常出現在有英文字母 **r** 的單字中。

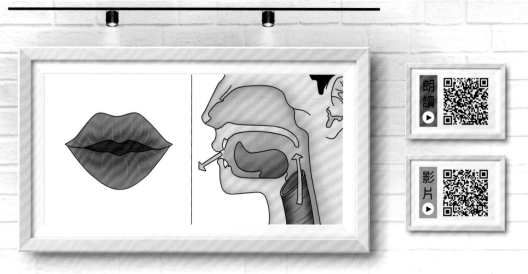

◆ 發音技巧 Pronunciation Skills

[r] 是捲舌音。發音時,雙唇張開並微微噘起,嘴型像發母音 [u] 的嘴型,舌尖上揚,稍稍捲起,振動聲帶,氣息由舌頭兩側出來。

◆ 特別提醒 Tips

為了方便發音,有人將 [r] 當作兩種發音:

(1) 在母音前發類似國字『如』的發音。

(2) 在母音後發類似注音符號『ㄦ』的捲舌音。

🔑 單字練習 **Word Practice**

1	**run** [rʌn]
	n. & vi. 跑步

4	**your** [jʊr]
	det. 你 (們) 的

2	**red** [rɛd]
	a. 紅色的 & *n.* 紅色

5	**write** [raɪt]
	vt. 寫

3	**room** [rum]
	n. 房間 (可數) ; 空間 (不可數)

6	**share** [ʃɛr]
	vt. 分享

CH
3
Unit
21

🔑 句子練習 **Sentence Practice**

1 I go for a run almost every morning.
我幾乎每個早上都會去跑步。

2 The company is in the red this year.
該公司今年赤字。

3 The table takes up too much room.
這張桌子占據太多空間了。

4 I can read your mind.
我可以看穿你的心思。

5 Don't forget to write me a letter.
別忘了寫封信給我。

6 Jenny doesn't want to share her toys with her twin sister.
珍妮不願與她的雙胞胎妹妹分享玩具。

發音比較 Comparison

 [l] vs [r]

唸 [l] 時，舌尖要翹起抵住上門牙。

唸 [r] 時，舌頭要捲起來，不需頂住上門牙。

collect [kə'lɛkt] *vt.* 蒐集	**correct** [kə'rɛkt] *a.* 正確的

alive [ə'laɪv] *a.* 活的	**arrive** [ə'raɪv] *vi.* 抵達
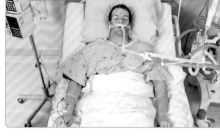	

lice [laɪs] *n.* 蝨子 (louse 的複數)	**rice** [raɪs] *n.* 米；飯

Unit 22

有聲子音 [j]

常出現在有英文字母 y 的單字中。

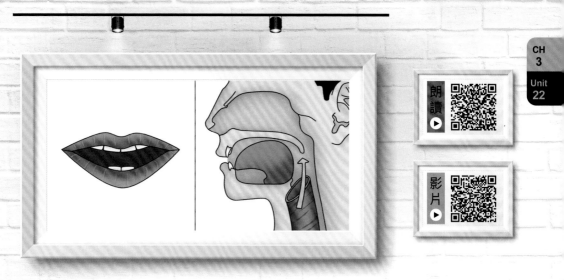

朗讀 ▶

影片 ▶

◆ 發音技巧 Pronunciation Skills

[j] 的發音類似注音符號『一』與『せ』的連音，或國字『爺』的發音。

發此音時，雙唇微開，舌尖輕輕抵住下齒齦，舌頭中間的部位翹起，振動聲帶，用力發出像『一せ』或『爺』的短促有聲音。

單字練習 Word Practice

1	**young** [jʌŋ] *a.* 年輕的	4	**yummy** [ˋjʌmɪ] *a.* 美味的
2	**year** [jɪr] *n.* 年	5	**backyard** [ˋbæk͵jard] *n.* 後院
3	**yell** [jɛl] *vi.* 大罵；大叫	6	**yesterday** [ˋjɛstɚde] *n.* 昨天

句子練習 Sentence Practice

1 They married young.
他們很年輕時就結婚了。

2 The museum is open all year round.
這座博物館全年開放。

3 Tom yelled at the taxi driver.
湯姆對著計程車司機大罵。

4 This cake looks yummy.
這塊蛋糕看起來好好吃。

5 There is a small garden in our backyard.
我們家後院有一座小花園。

6 Where were you the day before yesterday?
你前天去哪兒啦？

1 英式英語中，常有 [tju] 或 [nju] 的發音，
但是在美式英語中，通常會將 [j] 的音省略，而唸成 [tu] 或 [nu] 的音。

	英式發音	美式發音
tumor *n.* 腫瘤	[ˈtjumɚ]	[ˈtumɚ]
student *n.* 學生	[ˈstjudn̩t]	[ˈstudn̩t]
news *n.* 新聞	[njuz]	[nuz]

2 在美式發音中，一個字結尾若是 s，下一個字首是 y 時，會有變音現象，唸成
[ʃ]；若一個字結尾若是 t，下一個字首是 y 時，會有變音現象，唸成 [tʃ]。

	本來唸成	實際唸成
this year 今年	[ðɪsˈjɪr]	[ðɪˈʃɪr]
last year 去年	[læstˈjɪr]	[læsˈtʃɪr]

CH
3
Unit
22

無聲子音 [h]

常出現在有英文字母 **h** 的單字中。

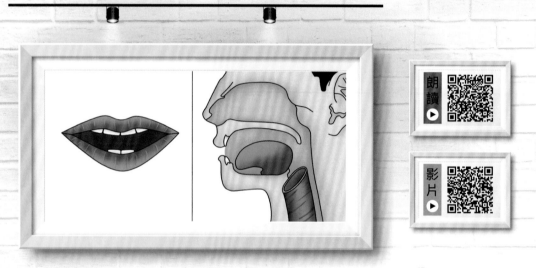

◆ 發音技巧 Pronunciation Skills

此音與注音符號『厂』或國字『喝』的無聲音十分類似。發音時,嘴半開,上下齒亦張開,舌頭自然平放在口腔中,不振動聲帶,同時向外呵氣即可。

◆ 特別提醒 Tips

[h] 通常出現在母音前面。為了方便發音,有人將 [h] 當作注音符號的『厂』來唸。

單字練習 Word Practice

1	**hot** [hɑt] *a.* 熱的	4	**home** [hom] *n.* 家
2	**hat** [hæt] *n.* 帽子	5	**horse** [hɔrs] *n.* 馬
3	**hair** [hɛr] *n.* 頭髮	6	**hand** [hænd] *n.* 手

CH 3
Unit 23

句子練習 Sentence Practice

1 It's very hot today.
今天很熱。

2 I tip my hat to you, Peter.
我很欽佩你，彼得。

3 I had my hair cut yesterday.
我昨天去剪頭髮。

4 Make yourself at home.
別拘束，當作自己家一樣就好。

5 I'm so hungry that I could eat a horse.
我很餓，餓到可以吃下一匹馬了。

6 Wash your hands before eating.
吃東西前要洗手。

[h] [f]

ham [hæm] *n.* 火腿

fan [fæn] *n.* 粉絲

T photography / Shutterstock.com

Andrey Yurlov / Shutterstock.com

hat [hæt] *n.* 帽子

fat [fæt] *a.* 肥胖的

home [hom] *n.* 家

foam [fom] *n.* 泡沫

有聲子音 [w]

常出現在有英文字母 **w** 的單字中

與右列字母組合：**wh**

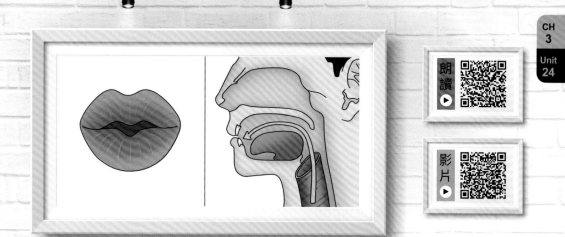

朗讀 ▶

影片 ▶

◆ 發音技巧 Pronunciation Skills

[w] 的發音類似注音符號『ㄨ』或國字『烏』的發音。發此音時，雙唇向前突出，看起來像個雞屁股似的，振動聲帶即可。

◆ 特別提醒 Tips

[w] 必定出現在母音之前。為了方便發音，有人索性就把 [w] 視作注音符號的『ㄨ』來發音。

開口讀 Repeat after me

單字練習 Word Practice

1	**wood** [wʊd] *n.* 木頭	4	**work** [wɜk] *n. & vi.* 工作
2	**wind** [wɪnd] *n.* 風	5	**word** [wɜd] *n.* 字詞 (可數)；承諾 (不可數)
3	**window** ['wɪndo] *n.* 窗戶	6	**world** [wɜld] *n.* 世界

句子練習 Sentence Practice

1 The table is made of wood.
這張桌子是木頭做的。

2 The trees are swaying in the strong wind.
樹木在強風中搖擺。

3 Would you mind closing the window for me?
你介意幫我把窗關起來嗎？

4 I have a lot of work to do.
我有很多工作要做。

5 William is as good as his word.
威廉是個言而有信的人。

6 My dream is to travel around the world.
我的夢想是環遊世界。

發音比較 Comparison

[V] **VS** [W]

發 [V] 音時務必要上齒咬下唇，再用力將氣從唇齒的縫隙吹出，振動聲帶。

發 [W] 音時有點類似國字的『烏』，振動聲帶。

---

vest [vɛst] *n.* 背心

west [wɛst] *n.* 西方

1000 Words / Shutterstock.com

---

vet [vɛt] *n.* 獸醫

wet [wɛt] *a.* 溼的

---

vine [vaɪn] *n.* 葡萄藤

uros1 / Shutterstock.com

wine [waɪn] *n.* 紅酒

CH
3

Unit
24

vex [vɛks] *vt.* 使生氣

wax [wæks] *n.* 蠟

最後讓我們來一起練習表達讚美的用語：
Very [ˈvɛrɪ] well [wɛl] ！非常好！

Chapter

特殊的發音規則 Special Pronunciation Focus

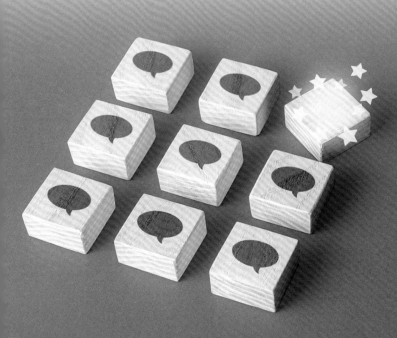

朗讀 ▶

[tr] 與 [dr] 之後接母音

[t] 與 [r] 結合之後接母音時，[tr] 唸成類似注音符號『ㄔㄨㄛˇ』的有聲音。[d] 與 [r] 結合之後接母音時，[dr] 唸成類似注音符號『ㄓㄨㄛˇ』的有聲音。

🔑 單字練習 Word Practice

train [tren] *n.* 火車	**strike** [straɪk] *n.* 罷工
trip [trɪp] *n.* 旅行	**street** [strit] *n.* 街

注意 已知 [s] 之後的 [t] 要唸成 [d]，故 strike 的實際發音應為 [sdraɪk]，street 的實際發音應為 [sdrit]。

drip [drɪp] *vi.* (水珠) 滴下	**drop** [drɑp] *vt.* 使落下
driver [ˋdraɪvɚ] *n.* 司機	**drizzle** [ˋdrɪzl̩] *vi.* 下毛毛雨

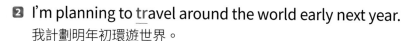

1 The train left on time.
火車準時離開。

2 I'm planning to travel around the world early next year.
我計劃明年初環遊世界。

3 My father is a bus driver.
我爸爸是公車司機。

4 Brain drain is a serious problem in that country.
人才外流在那個國家是個嚴重的問題。

5 Drag him away.
把他拖走。

CH
4

Unit
01

[kl̩] 要唸成 [ɡl̩] 的變音

在美式英語中，兩音節以上的單字若以 -cal、-cle 或 -ckle 結尾，且音標為 [kl̩] 時，[kl̩] 要唸成 [ɡl̩]。

🔖 單字練習 Word Practice

單字	字典列出的音標	實際發音
local *a.* 當地的	[ˋlokl̩]	[ˋloɡl̩]
bicycle *n.* 腳踏車	[ˋbaɪsɪkl̩]	[ˋbaɪsɪɡl̩]
sickle *n.* 鐮刀	[ˋsɪkl̩]	[ˋsɪɡl̩]

🔖 句子練習 Sentence Practice

1 My uncle is coming today.
我叔叔今天會來。

2 I ride my bicycle to and from work every day.
我每天騎腳踏車上下班。

3 I'm not interested in political science.
我對政治學不感興趣。

4 That medicine really worked miracles.
那個藥真有奇效。

5 Do you like pickles?
你喜歡醃黃瓜嗎？

[s] 之後的 [p]、[k]、[t] 唸成 [b]、[g]、[d]

朗讀 ▶

🎧 單字練習 Word Practice

1 [s] 開頭的單字（單音節或為重音節）之後有 [p]、[k]、[t] 等無聲子音，之後接母音時，[p]、[k]、[t] 分別要唸成 [b]、[g]、[d] 的有聲子音。

單音節	字典列出的音標	實際發音
space *n.* 空間	[spes]	[sbes]
school *n.* 學校	[skul]	[sgul]
student *n.* 學生	[ˋstudṇt]	[ˋsdudṇt]

重音節	字典列出的音標	實際發音
spacious *a.* 寬敞的	[ˋspeʃəs]	[ˋsbeʃəs]
schooling *n.* 學校教育	[ˋskulɪŋ]	[ˋsgulɪŋ]
starter *n.* 初級者	[ˋstartɚ]	[ˋsdartɚ]

CH
4

Unit
03

155

2 [s] 出現在非重音節的時候，現今的美國人也會將 [p]、[k]、[t] 變音成 [b]、[g]、[d]。

非重音節	字典列出的音標	實際發音
whisper *n.* 悄悄話	[ˈwɪspɚ]	[ˈwɪsbɚ]
whiskey *n.* 威士忌酒	[ˈwɪskɪ]	[ˈwɪsgɪ]
sister *n.* 姊妹	[ˈsɪstɚ]	[ˈsɪsdɚ]

[t] 變成 [d] 的發音

在美式英語中，[t] 位於單字中非重讀音節，且符合下列三個條件之一時，[t] 轉變成 [d] 的發音。

🔑 單字練習 Word Practice

1 [t] 在兩個母音之間

matter [ˋmætɚ] → [ˋmædɚ] *n.* 事件	**pretty** [ˋprɪtɪ] → [ˋprɪdɪ] *a.* 漂亮的	**letter** [ˋlɛtɚ] → [ˋlɛdɚ] *n.* 信
writer [ˋraɪtɚ] → [ˋraɪdɚ] *n.* 作者	**city** [ˋsɪtɪ] → [ˋsɪdɪ] *n.* 城市	**water** [ˋwɑtɚ] → [ˋwɑdɚ] *n.* 水

2 [t] 在 [l] 的前面

battle [ˋbætl̩] → [ˋbædl̩] *n.* & *vi.* 戰鬥	**title** [ˋtaɪtl̩] → [ˋtaɪdl̩] *n.* 標題	**settle** [ˋsɛtl̩] → [ˋsɛdl̩] *vi.* & *vt.* 安頓；平息（糾紛）
kettle [ˋkɛtl̩] → [ˋkɛdl̩] *n.* 燒水壺	**immortal** [ɪˋmɔrtl̩] → [ɪˋmɔrdl̩] *a.* 永生的，不死的	**subtle** [ˋsʌtl̩] → [ˋsʌdl̩] *a.* 微妙的

3 [t] 在 [r] / [ʒ] 和母音之間

thirty [ˈθɜtɪ] → [ˈθɜdɪ] *n.* 三十	**party** [ˈpɑrtɪ] → [ˈpɑrdɪ] *n.* 聚會；一組人	**dirty** [ˈdɜtɪ] → [ˈdɜdɪ] *a.* 骯髒的
courtesy [ˈkɜtəsɪ] → [ˈkɜdəsɪ] *n.* 禮貌	**shorter** [ˈʃɔrtɚ] → [ˈʃɔrdɚ] *a.* 較短的	**porter** [ˈpɔrtɚ] → [ˈpɔrdɚ] *n.* 搬運工人

🔑 句子練習 Sentence Practice

1 We'd better settle the matter today.
我們今天最好把問題解決了。

2 Sally lives in a pretty little town.
莎莉住在一個美麗的小鎮。

3 Catherine took a bottle of wine to the party.
凱薩琳帶了一瓶紅酒去參加聚會。

4 Is bottled water good for your health?
瓶裝水真的有利於健康嗎？

5 Paris is the capital city of France.
巴黎是法國首都。

[tn̩] 或 [tən] 及 [dn̩] 或 [dən] 的鼻音化

在美式英語中，英文單字的音標 [t]、[d] 之後有 [n] 時，通常會發生鼻音化。發音方法為 [t]、[d] 不發音，僅略作停頓，同時舌尖抵在上齒齦，直接發出 [n] 的鼻音。如 student (學生)，字典上的音標為 [`studn̩t ] 或 [ `studənt]，實際發音為 [`stu*nt] (*表示停頓)。

🎙 單字練習 **Word Practice**

button [`bʌtn̩ ] 或 [ `bʌtən] → [`bʌ*n] *n.* 鈕扣	**important** [ɪm`pɔtn̩t ] 或 [ ɪm`pɔrtənt] → [ɪm`pɔr*nt] *a.* 重要的
mountain [`maʊntn̩ ] 或 [ `maʊntən] → [`maʊn*n] *n.* 山	**sentence** [`sɛntn̩s ] 或 [ `sɛntəns] → [`sɛn*ns] *vt.* & *n.* 判決；句子
cotton [`katn̩ ] 或 [ `katən] → [`ka*n] *n.* 棉花	**hidden** [`hɪdn̩ ] 或 [ `hɪdən] → [`hɪ*n] *vt.* & *vi.* 躲藏 (hide 的過去分詞)

1 You can see the mountain from the garden.
你在花園可以看到那座山。

2 The student is from Britain.
那名學生來自英國。

3 He was pardoned after serving twenty years of a life sentence.
他被判終身監禁服刑二十年後被赦免了。

4 I didn't know the box was hidden under the bed.
我不知道箱子藏在床下。

5 I found two errors in that sentence.
我在那個句中發現了兩個錯誤。

Unit 06

[t]、[d]
出現在單字字尾的省略規則

在正常或較快語速中，位於單字字尾的 [t]、[d] 常常不發出聲音，只需要把舌尖抵在上齒齦，作出嘴型，憋住氣，略作停頓即可 (下文用 * 表示停頓)。

🔑 單字練習 Word Practice

but [bʌt] → [bʌ*] *conj.* 但是	**act** [ækt] → [æk*] *vt. & vi.* 扮演	**wet** [wɛt] → [wɛ*] *a. & vt.* 溼的；弄溼
get [gɛt] → [gɛ*] *vt.* 獲得	**cat** [kæt] → [kæ*] *n.* 貓	**wait** [wet] → [we*] *vi.* 等待
old [old] → [ol*] *a.* 老的	**add** [æd] → [æ*] *vt. & vi.* 增加	**end** [ɛnd] → [ɛn*] *vt. & vi. & n.* 結束

🔑 句子練習 Sentence Practice

1 The husband decided to act dumb.　丈夫決定裝啞。

2 Give me a hand, will you?
幫我一個忙，好不好？

3 He must be at least twenty-eight years old.
他一定至少有28歲了。

4 Where did you find that?
你在哪裡找到那個東西的？

5 He hit my head and ran away.
他打了我的頭就跑掉了。

Unit 07

子音不完全爆破的發音

爆破音指的是發音器官在口腔內形成阻礙，然後氣流衝破阻礙發出來的音。英語中的爆破音有 6 個：[p]、[b]、[t]、[d]、[k]、[g]。這 6 個爆破音有任何兩個(如 pt、dp、tb、kt、db、gb 等) 相遇時，前一個爆破音需要不完全爆破，即只做出該音對應的口型，稍作停頓，然後直接發後一個爆破音。

🔖 單字練習 Word Practice

empty [`ɛmptɪ ] → [ `ɛm˴tɪ] *a.* 空的	**grandpa** [`grændpɑ ] → [ `græn˴pɑ] *n.* 爺爺；外公
football [`fʊtbɔl ] → [ `fʊ˴bɔl] *n.* 足球；美式橄欖球	**active** [`æktɪv ] → [ `æ˴tɪv] *a.* 積極的
feedback [`fidbæk ] → [ `fi˴bæk] *n.* 回饋意見	**desktop** [`dɛsk͵tɑp ] → [ `dɛs˴͵tɑp] *n.* 桌面；座檯式電腦
rugby [`rʌgbɪ ] → [ `rʌ˴bɪ] *n.* 英式橄欖球	**outgoing** [͵aʊt`goɪŋ ] → [ ͵aʊ˴`goɪŋ] *a.* 外向的

句子練習 Sentence Practice

1. Grandpa walked into an empty house.
   爺爺走進了一間空房子。

2. What's the difference between football and rugby?
   美式橄欖球和英式橄欖球有什麼區別？

3. The desktop has received positive feedback.
   這款座檯式電腦回饋意見很不錯。

4. The outgoing boy was born in September.
   那個外向的男孩生於九月。

5. I sent him a postcard in October.
   我在十月份給他寄了一張明信片。

Unit 08

名詞複數以及動詞第三人稱單數 s 的發音規則

名詞複數以及動詞第三人稱單數字尾的 s 什麼時候發 [s]，什麼時候發 [z] 呢？這主要遵循以下幾點規則：

1 s 之前為無聲子音時，s 發 [s] 無聲子音。其中，s 之前為 [t] 時，要合發為 [ts]，[ts] 發類似國字『刺』的無聲子音。

2 s 之前為有聲子音時，s 發 [z] 的有聲子音。其中，s 之前為 [d] 時，要合發為 [dz]，[dz] 發類似國字『子』或注音符號『ㄗˇ』的有聲子音。

3 s 之前為母音時，s 發 [z] 的有聲子音。

4 名詞複數以及動詞第三人稱單數字尾若加 es 時，es 發 [ɪz]。

🎤 單字練習 **Word Practice**

1 s 之前為無聲子音

shops [ʃɑps] *n.* 商店	helps [hɛlps] *vt.* 幫助	likes [laɪks] *vt.* 喜歡
lamps [læmps] *n.* 檯燈	locks [lɑks] *n.* 鎖	rocks [rɑks] *n.* 岩石
hats [hæts] *n.* 帽子	eats [its] *vt.* 吃	gets [gɛts] *vt.* 獲得

2 s 之前為有聲子音

eggs [ɛgz] *n.* 蛋	feels [filz] *vi & vt.* 感到	comes [kʌmz] *vi.* 來
beds [bɛdz] *n.* 床	kids [kɪdz] *n.* 孩子	needs [nidz] *vt.* 需要
clubs [klʌbz] *n.* 俱樂部	wings [wɪŋz] *n.* 翅膀	machines [məˈʃinz] *n.* 機器

3 s 之前為母音

boys [bɔɪz] *n.* 男孩	keys [kiz] *n.* 鑰匙	goes [goz] *vi.* 去
cows [kaʊz] *n.* 乳牛	sues [suz] *vt. & vi.* 控告	laws [lɔz] *n.* 法規
bays [bez] *n.* 灣	buys [baɪz] *vt. & vi.* 購買	paws [pɔz] *n.* 爪子

4 名詞複數以及動詞第三人稱單數為在字尾加 es

faces [ˈfesɪz] *n.* 臉	washes [ˈwaʃɪz] *vt.* 洗	dishes [ˈdɪʃɪz] *n.* 待洗的碗盤
beaches [ˈbitʃɪz] *n.* 海灘	bosses [ˈbasɪz] *n.* 老闆	watches [ˈwatʃɪz] *n.* 手錶
boxes [ˈbaksɪz] *n.* 盒子	coaches [ˈkotʃɪz] *n.* 教練；長途客車	classes [ˈklæsɪz] *n.* 班級

1. She usually sho<u>ps</u> for e<u>gg</u>s in the market.
   她一般都在市場買雞蛋。

2. Dad wash<u>es</u> the dish<u>es</u> every day.
   爸爸每天洗碗。

3. Most ki<u>ds</u> like to eat chicken wi<u>ngs</u>.
   大多數孩子都喜歡吃雞翅。

4. How many box<u>es</u> of chocolate have you got?
   你有多少盒巧克力？

5. I joined several clu<u>bs</u> and made some frien<u>ds</u>.
   我加入了幾個社團，交了一些朋友。

Unit 09

以 -ed 結尾的動詞過去式 及過去分詞的發音

以 -ed 結尾的動詞過去式及過去分詞有三種發音：

1 -ed 前為無聲子音時，-ed 發 [t] 的音。

2 -ed 前為有聲子音或母音時，-ed 發 [d] 的音。

3 -ed 前為 [t] 或 [d] 的音時，-ed 發 [ɪd]。可以用『遇無聲則跟著無聲，遇有聲則跟著有聲』的口訣來記憶。

🔑 單字練習 **Word Practice**

1 -ed 之前為無聲子音

pa**ssed** [pæst] 及格；遞	wi**ped** [waɪpt] 擦拭	wor**ked** [wɜkt] 工作
wa**shed** [waʃt] 洗	hel**ped** [hɛlpt] 幫助	coo**ked** [kʊkt] 煮
wat**ched** [watʃt] 看	stop**ped** [stɑpt] 停止	ba**ked** [bekt] 烘焙

2 -ed 前為有聲子音或母音

opened [ˈopənd] 打開	aged [edʒd] 變老	failed [feld] 失敗
tied [taɪd] 綁	owed [od] 欠	freed [frid] 使自由
played [pled] 玩	prepared [prɪˈpɛrd] 準備	howled [haʊld] 嚎叫

3 -ed 前為 [t] 或 [d] 的音

dated [ˈdetɪd] 註明 日期	noted [ˈnotɪd] 注意；指出	wasted [ˈwestɪd] 浪費
added [ˈædɪd] 增加	landed [ˈlændɪd] 降落	decided [dɪˈsaɪdɪd] 決定
recorded [rɪˈkɔrdɪd] 錄製	aided [ˈedɪd] 幫助	flooded [ˈflʌdɪd] 淹沒

🔑 句子練習 Sentence Practice

1 Amy passed the exam, but I failed.
艾咪考試及格了，但我沒有及格。

2 Ben wiped his eyes and apologized.
阿班擦乾了眼淚，道了歉。

3 The old man opened the door and walked into the house.
老人打開門，走進了屋子裡。

4 I started to panic and tried to escape.
我開始慌了，試著要逃跑。

5 We warmed up a little before we played basketball.
我們打籃球前熱了會兒身。

Unit 10

字間連讀規則 (一)：
子音 + 母音

　　一般情況下，前一個單字的尾音為子音，後一個單字以母音開頭時，這兩個子音和母音需要連讀。如此一來，第二個單字聽起來就像是以子音開頭似的。注意，連讀時無須特意加快語速。

🎙 片語練習 Phrase Practice

1 子音 + 母音連讀一般情況

hold on　等一下	**look over**　快速 (查看)
原本：[hold ˋɑn]	原本：[lʊk ˋovɚ]
連讀：[holˋdɑn]	連讀：[lʊˋkovɚ]
keep out　禁止進入	**sign up**　註冊
原本：[kip ˋaʊt]	原本：[saɪn ˋʌp]
連讀：[kiˋpaʊt]	連讀：[saɪˋnʌp]

2 e 結尾的單字和母音連讀

come in 進來	line up 排好隊
原本：[kʌm ˈɪn]	原本：[laɪn ˈʌp]
連讀：[kʌˈmɪn]	連讀：[laɪˈnʌp]
make it 趕到	**tune in** 收聽
原本：[ˈmek ˌɪt]	原本：[tun ˈɪn]
連讀：[ˈmeˌkɪt]	連讀：[tuˈnɪn]

3 r 結尾的單字和母音連讀

fair enough 說得對	cover up 掩蓋
原本：[ˌfɛr ɪˈnʌf]	原本：[ˈkʌvɚ ʌp]
連讀：[ˌfɛrɪˈnʌf]	連讀：[ˌkʌvəˈrʌp]
up for it 願意參加那個活動	**four eggs** 四個雞蛋
原本：[ˈʌp fɚ ˌɪt]	原本：[ˌfɔr ˈɛgz]
連讀：[ˈʌpfəˌrɪt]	連讀：[ˌfɔˈrɛgz]

4 子音和 h 開頭的單字連讀

in an hour 一小時後	half an hour 半小時
原本：[ˌɪn ən ˈaʊr]	原本：[ˌhæf ən ˈaʊr]
連讀：[ˌɪnəˈnaʊr]	連讀：[ˌhæfəˈnaʊr]

句子練習 Sentence Practice

1 Come on! Keep it up!
加油！繼續努力！

2 Knock it off!
別吵了。

3 The fire has been put out.
火已經被撲滅了。

4 That sounds like a good idea.
那聽起來是個好主意。

5 There are four eggs in the fridge.
冰箱裡有四個雞蛋。

Unit 11

字間連讀規則（二）：
[t]、[d] 與 [j] 連讀

　　當前一個單字字尾是無聲子音 [t]，而之後的單字開頭是有聲子音 [j] 時，[t] 與 [j] 會產生連讀，變成 [tʃ] 的無聲子音。

　　當前一個單字字尾是有聲子音 [d]，而之後的單字開頭是有聲子音 [j] 時，[d] 與 [j] 會產生連讀，變成 [dʒ] 的有聲子音。

🔍 **片語練習** Phrase Practice

1 [t] [j] → [tʃ]

kept you	meet you
原本：[ˈkɛpt ˌju]	原本：[ˈmit ˌju]
連讀：[ˈkɛptʃu]	連讀：[ˈmitʃu]
want you	**last year**
原本：[ˈwɑnt ˌju]	原本：[ˌlæst ˈjɪr]
連讀：[ˈwɑntʃu]	連讀：[ˈlæstʃɪr]

2 [d] [j] → [dʒ]

could you	did you
原本：[ˌkʊd ˈju]	原本：[ˌdɪd ˈju]
連讀：[ˌkʊˈdʒu]	連讀：[ˌdɪˈdʒu]
would you	**had you**
原本：[ˌwʊd ˈju]	原本：[ˌhæd ˈju]
連讀：[ˌwʊˈdʒu]	連讀：[ˌhæˈdʒu]

🔑 句子練習 Sentence Practice

1 I'm sorry to have kept you waiting.
抱歉讓你久等了。

2 Let me get you a drink.
讓我給你拿杯喝的。

3 I went to Vietnam last year.
我去年去了越南。

4 Could you pass me the salt?
你可以把鹽遞給我嗎？

5 Would you like a cup of tea?
你想來杯茶嗎？

字間連讀規則（三）：
子音＋子音

　　子音在單字字尾時經常不需要清楚地唸出，做出嘴型再憋氣就可以了。因此，凡是一個單字字尾是子音，而之後的單字字首也是子音，直接發出後面單字的子音即可。這種情形常發生在 [p]、[t]、[d]、[k]、[g] 這幾個子音出現的情況下。以下是一個單字字尾和下一個單字字首不同字母的情況。

🎤 片語練習 **Phrase Practice**

	hot dog	hot day	turn it down
❶ [t] + [d]	[ˋhɑˑˌdɔg]	[ˌhɑˑˋde]	[ˌtɝnɪˑˋdaʊn]
	熱狗	熱天	關小聲

	red tape	cold tea	good time
❷ [d] + [t]	[ˌrɛˑˋtep]	[ˌkolˑˋti]	[ˌgʊˑˋtaɪm]
	官僚作風	冷茶	好時光

3 [k]+[g]	**dark green**	**black gold**	**dark glasses**
	[ˌdɑrˣ ˈgrin]	[ˌblæˣ ˈgold]	[ˌdɑrˣ ˈglæsɪz]
	深綠色	黑金 (石油)	深色的眼鏡

4 [p]+[b]	**cheap bread**	**damp box**	**deep breath**
	[ˌtʃiˣ ˈbrɛd]	[ˌdæmˣ ˈbɑks]	[ˌdiˣ ˈbrɛθ]
	便宜的麵包	潮溼的箱子	深呼吸

朗讀 ▶

字間連讀規則（四）：
[t] 與 [d] 的省略

在正常速度的英文口語中，當字尾出現 [t] 或 [d] 的音時，通常不會把 [t] 或 [d] 的發音清楚地唸出來，而是快要唸出來時，馬上憋氣頓息，因此字尾 [t] 或 [d] 的發音常常是聽不到的。以下各句中不完全發音的 [t] 和 [d] 已被表示憋氣頓息的 "*" 給代替了。

📍 句子練習 **Sentence Practice**

I don't know.　我不知道。
[don*]

Don't worry about it.　不要擔心。
[don*]　　　　　　　　　[ɪ*]

Don't get me wrong.　不要誤解我的意思。
[don*] [gɛ*]

Good morning!　早安！
[gʊ*]

You should try it.　你應該試一試。

[ʃʊ*]　　　[ɪ*]

No news is good news.　沒消息就是好消息。

[gʊ*]

This might just be perfect for you.　這可能正是最適合你的。

[maɪ*]　[dʒʌs*]　[ˈpɝfɪk*]

字間連讀規則 (五)：相同子音的省略

如果某單字以子音結尾的，而之後的單字又是以相同的子音開頭的時候，通常前面那個單字的子音就被省略掉了，只唸出後面那個單字的子音即可。這種情形常發生在 [p]、[t]、[d]、[k]、[g] 這幾個子音出現的情況下。以下是一個單字字尾和下一個單字字首相同字母的情況。（音標內 * 表憋氣頓息之意）

🎙 片語練習 Phrase Practice

		deep pocket	stop paying	keep playing
❶	[p] + [p]	[ˌdi*ˈpakɪt]	[ˈsta*ˌpeɪŋ]	[ˈki*ˌpleɪŋ]
		財力雄厚	停止付錢	持續玩

		hot temper	part two	put to use
❷	[t] + [t]	[ˌha*ˈtɛmpɚ]	[ˌpar*ˈtu]	[ˌpu* tu ˈjuz]
		急躁的脾氣	第二部分	付諸使用

3 [d] + [d]	**good deal**	**cold drink**	**red desk**
	[ˌɡʊˈdil]	[ˌkolˈdrɪŋk]	[ˌrɛˈdɛsk]
	划算，好交易	冷飲	紅色的桌子

4 [k] + [k]	**take cover**	**black cat**	**book club**
	[ˌteˈkʌvɚ]	[ˌblæˈkæt]	[ˌbʊˈklʌb]
	躲藏	黑貓	讀書會

5 [g] + [g]	**big gain**	**big goal**	**big guy**
	[ˌbɪˈgen]	[ˌbɪˈgol]	[ˌbɪˈgaɪ]
	巨大的收穫	遠大的目標	大塊頭

字內連讀規則（六）：
字內加 [j]

當一個單字有兩個母音相鄰且前一個母音是 [aɪ]，之後接母音 [ə] 時，這兩個母音之間要插入有聲子音 [j]，以產生自然流暢的連讀。

單字練習 Word Practice

client 客戶	quiet 安靜的
原本：[ˈklaɪənt]	原本：[ˈkwaɪət]
連讀：[ˈklaɪjənt]	連讀：[ˈkwaɪjət]
science 科學	diet 飲食
原本：[ˈsaɪəns]	原本：[ˈdaɪət]
連讀：[ˈsaɪjəns]	連讀：[ˈdaɪjət]

句子練習 Sentence Practice

1 I'm on a diet.
我正在節食。

2 Come have a try on it. It's not rocket science.
來試試看吧！這並不難。

Unit 16

字內連讀規則 (七)：
字內加 [w]

當一個單字有兩個母音相鄰且前一個母音是 [u] 或 [o]、[ʊ] 時，之後的母音是 [ɪ]、[ə] 或 [e] 時，這兩個母音之間要插入有聲子音 [w]，以產生自然流暢的連讀。

🎙 單字練習 Word Practice

coincidence　巧合	cooperate　合作
原本：[koˈɪnsɪdəns]	原本：[koˈɑpəret]
連讀：[koˈwɪnsɪdəns]	連讀：[koˈwɑpəret]
graduate　畢業	doing　做 (do 的現在分詞)
原本：[ˈɡrædʒuet]	原本：[ˈduɪŋ]
連讀：[ˈɡrædʒuwet]	連讀：[ˈduwɪŋ]
going　去 (go 的現在分詞)	poem　詩
原本：[ˈɡoɪŋ]	原本：[ˈpoəm]
連讀：[ˈɡowɪŋ]	連讀：[ˈpowəm]

🎙 句子練習 Sentence Practice

1 What a coincidence!
多巧啊！

2 Tom graduated from Harvard University.
湯姆畢業於哈佛大學。

3 They agreed to cooperate with each other.
他們同意彼此共同合作。

4 What's going on here?
這裡發生什麼事了？

5 How're you doing?
你好嗎？

Chapter  5

重讀規則及語調 Stress
and Intonation

『名詞 + 名詞』的重讀規則

　　名詞之後接名詞時形成複合名詞，視作一個大名詞。不論這兩個名詞合在一起或是分開寫，第一個名詞要重讀，即第一個名詞的發音要高於第二個名詞。例如，名詞 moon（月亮）之後接名詞 light（光線；亮光）形成複合名詞 moonlight（月光）時，要唸成 [ˋmun͵laɪt]，而非 [͵munˋlaɪt]。下列由『名詞 + 名詞』形成的複合名詞中，第一個名詞要重讀。

🔑 單字練習 Word Practice

名詞 + 名詞	
goldfish [ˋɡold͵fɪʃ] *n.* 金魚	story book [ˋstɔrɪ ͵buk] *n.* 故事書
fingerprint [ˋfɪŋɡɚ͵prɪnt] *n.* 指紋	lemon tree [ˋlɛmən ͵tri] *n.* 檸檬樹
sunset [ˋsʌn͵sɛt] *n.* 日落	body temperature [ˋbadɪ ͵tɛmprətʃɚ] *n.* 體溫

🔑 句子練習 Sentence Practice

1 I bought a dishwasher for my wife.
我給我老婆買了一臺洗碗機。

2 My friend John is a college student.
我的朋友約翰是個大學生。

3 The sunrise at the seaside was beautiful.
海邊的日出景象很美。

『動名詞 + 名詞』的重讀規則

動名詞等同於名詞,因此,由『動名詞 + 名詞』形成的複合詞,與『名詞 + 名詞』形成的複合詞唸法一樣,動名詞要重讀。

🔑 單字練習 Word Practice

動名詞 + 名詞
meeting room [ˋmitɪŋ ˏrum] *n.* 會議室
swimming pool [ˋswɪmɪŋ ˏpul] *n.* 游泳池
sleeping car [ˋslipɪŋ ˏkɑr] *n.* (火車) 臥車廂

🔑 句子練習 Sentence Practice

1 Let's meet at the <u>meeting</u> room.
咱們在會議室見面。

2 Could you tell me where the <u>swimming</u> pool is?
您可否告訴我游泳池在哪兒?

3 The old man is walking around with a <u>walking</u> stick.
這位老先生正用一根拐杖到處走動。

CH 5

Unit 02

Unit 03

『形容詞 + 名詞』的重讀規則

1 形容詞修飾單一名詞時，被修飾的名詞要重讀，比如 a wonderful time（美好的時光），time 要重讀。

2 兩個形容詞修飾單一名詞時，第一個形容詞和被修飾的名詞要重讀，比如 short brown hair（棕色短髮），short 和 hair 要讀得比較重。

3 形容詞修飾複合名詞時，複合名詞中的第一個名詞讀得最重，比如 a new basketball，basket- 讀得最重。

4 有些詞組雖然是由『形容詞 + 名詞』構成，但若有特殊意義，要重讀的是形容詞。比如在複合詞 hotdog（熱狗）中，要重讀的是 hot，即唸成 [ˈhɑtˌdɔg]。如果唸成 [ˌhɑtˈdɔg]，那麼意思就變成了『很熱的狗』。

🎙 片語練習 **Phrase Practice**

1 形容詞 + 單一名詞

a big surprise 大大的驚喜	a heavy rain 一場大雨
a strong accent 濃重的口音	rich history 豐富的歷史

2 兩個形容詞 + 單一名詞

a long winding path 一條悠長蜿蜒的小徑	**big black eyes** 大大的黑眼睛
a beautiful red skirt 一條美麗的紅裙	**a small wooden chair** 一把小小的木椅子

3 形容詞 + 複合名詞

a new smartphone 一支新的智慧手機	**a clean blackboard** 一塊乾淨的黑板
a delicious pancake 一整塊美味的煎餅	**a large swimming pool** 一個大的泳池

4 含有形容詞的複合名詞形成特殊意義

a top hat 一頂禮帽	**the White House** 白宮
a high school 一所高中	**a hotdog** 一條熱狗

🔑 句子練習 Sentence Practice

1 We took a walk along the long winding path.
我們沿著這條悠長蜿蜒的小徑散步。

2 The event has been canceled because of the heavy rain.
因為下大雨，活動已經取消了。

3 There is an old red piano in her bedroom.
她的臥室裡有一架老舊的紅色鋼琴。

Unit 04

『分詞 + 名詞』的重讀規則

　　分詞分現在分詞及過去分詞兩種，若可譯成『……的』時，就可作形容詞用，之後置名詞，修飾該名詞。作形容詞使用的現在分詞可譯成『令人……的』或『正在／即將……的』；做形容詞使用的過去分詞則譯成『感到……的』、『受到……的』或『被……的』。『分詞 + 名詞』視同『形容詞 + 名詞』，故被修飾的名詞要重讀。

🎙 片語練習 Phrase Practice

a tiring baby 磨人的／令人累的小寶寶	**a tired** baby 感到疲憊的小寶寶
a confusing question 令人困惑的問題	**a confused** student 感到困惑的學生
my aging parents 我那即將老邁的父母	**my aged** [edʒd] parents 我那已年邁的父母

1 The crying kid is looking for his mom.
這個在哭泣的小朋友在尋找他的媽媽。

2 It's dangerous to jump off the moving train.
從行駛中的火車跳車很危險。

3 How can I improve my spoken English?
我要怎樣才能改善我的英文口語？

4 Keeping a diary is a good way to improve your written English.
寫日記是增進英文寫作的好途徑。

片語動詞的重讀規則

　　片語動詞一般由『動詞 + 介詞』或者『動詞 + 副詞』形式構成，其中介詞或副詞要重讀。而當片語動詞變為名詞形式的時候，動詞要重讀。比如名詞 breakdown（故障），是片語動詞 break down（發生故障）的名詞形式，重讀在break。而在片語動詞 break down 中，副詞 down 應重讀。

🎙 片語練習 Phrase Practice

片語動詞	名詞形式
make up　化妝	makeup　化妝
take off　（飛機）起飛	takeoff　起飛
work out　鍛鍊，健身	workout　健身
break down　出故障	breakdown　故障
black out　停電	blackout　停電
warm up　熱身	warmup　熱身
burn out　燃盡	burnout　精疲力竭，燃盡
break up　分手，使破碎	breakup　破裂，分散

1. I forgot to punch myself <u>in</u> again this morning.
   我今早又忘記打卡了。

2. Having heard what she said, I could hardly calm <u>down</u>.
   聽了她的話，我的心情難以平靜。

3. The plane is scheduled to take <u>off</u> at 9:15 a.m.
   飛機預計在早上九點十五分起飛。

4. The boss has already put <u>off</u> the meeting.
   老闆已經把會議延期了。

5. My car broke <u>down</u> on my way home.
   我的車在我回家路上拋錨了。

CH
5

Unit
05

191

Unit 06

數字、縮寫字、人名 和地名的重讀

不論是數字、縮寫字,還是人名、地名,一般都是最後一個數字或字要重讀。

片語練習 Phrase Practice

Numbers　數字	
6:15	six fifteen
30.99	thirty point nine nine
2022	two thousand twenty two
5718-3369	five seven one eight, double three, six, nine
110	one one zero
1989	nineteen eighty-nine

Abbreviations　縮寫字	
英國廣播公司	BBC
美國有線電視新聞網	CNN
運動型多用途汽車	SUV
個人電腦	PC
自己動手	DIY

Names 人名	
馬克‧吐溫	**Mark** Twain
馬丁‧路德‧金	**Martin Luther** King
哈利‧波特	**Harry** Potter
大衛‧科波菲爾	**David** Copperfield

Places 地名	
新澤西	**New** Jersey
海德公園	**Hyde** Park
西海岸	**West** Coast
珍珠港	**Pearl** Harbor
洛杉磯	**Los** Angelas / **LA**
北美	**North** America
南非	**South** Africa
紐約	**New** York

🔑 句子練習 Sentence Practice

1 Ken Cruise arrived in LA at 7:30.
肯‧克魯斯於七點半抵達洛杉磯。

2 John has a PhD from MIT.
約翰擁有麻省理工學院的博士學位。

3 She bought her first SUV in 2020.
她在二〇二〇年買了她第一輛運動型
多用途汽車。

4 The band held a concert in
Las Vegas in 2010.
該樂隊於二〇一〇年在拉斯
維加斯舉辦了一場音樂會。

193

朗讀

句子重讀的規則

　　在句子中，一般而言，實詞要重讀，功能詞要輕讀。實詞包括名詞、動詞、形容詞、副詞、疑問詞等，這類詞自身就具備語義，並不依託語境；功能詞包括代名詞、介詞、連接詞、助動詞、冠詞等。比如：

I want to go to the park.

　　如果句子只剩下藍色部分的實詞，我們依然可以掌握到大概的語義：想、去、公園，而如果只剩下黑色字體的功能詞，則不能理解說話者所想要表達的意思。

功能詞練習 Function Word Practice

功能詞輕讀時，母音通常會變成 [ə]。

to [tu] → [tə] 朝	for [fɔr] → [fɚ] 為了	as [æz] → [əz] 作為
can [kæn] → [kən] 可以	and [ænd] → [ən*] 和	or [ɔr] → [ɚ] 或者
I [aɪ] → [ɑ] 我	some [sʌm] → [səm] 某些	but [bʌt] → [bət] 但是

you [ju] → [jə] 你 (們)	**your** [jɔr] → [jə] 你 (們) 的	**from** [frʌm] → [frəm] 從……來
would [wʊd] → [wəd] 會	**could** [kʊd] → [kəd] 會，能	**should** [ʃʊd] → [ʃəd] 應該
him [hɪm] → [(h)əm] 他 (受詞)	**will** [wɪl] → [wəl] 將會	**our** [aʊr] → [ɑr] 我們的

🔑 實詞練習 **Content Word Practice**

hot **and** cold 冷和熱	listen **to the** music 聽音樂
wait **a** minute 等一會兒	black **and** blue 鼻青臉腫
take **a** chance 碰運氣	grab **a** bite **to** eat 隨便吃點
at last 最後	miss **the** train 錯過這趟火車

🔑 句子練習 **Sentence Practice**

1 I can go with you.
我可以和你一起去。

2 He looks nothing like his father.
他和他爸爸一點也不像。

3 It was a wonderful trip.
這是一趟美好的旅程。

4 I was reading a novel
when he came.
他來的時候我正在讀小說。

Service dogs for the deaf are usually mixed breeds rescued from animal shelters. Friendly, energetic, and intelligent dogs are chosen to alert their masters to sounds in their home or work environment.

為聽障者服務的狗通常是從流浪狗收容中心被救出來的混血雜種狗。從中挑選出友善、精力充沛和聰明的狗，在家中或工作環境中警告主人注意周遭的各種聲音。

Walking or running is very good exercise, and it's more fun if you go with a friend. You also have to make sure you have the right shoes. There are many more kinds of exercise. Find one that you like. You may need help at first. But afterwards you'll know how wonderful it is to exercise.

走路或跑步都是非常好的運動，而且如果你與朋友一起運動的話，那會更有趣。你也必須確定你穿對了鞋子。運動有好多種，找一種你喜歡的。也許一開始你會需要幫助，不過之後你將會知道運動真是棒極了。

Unit 08

語調的升降規則(一):
降調句

英語中的語調大致分為上升調和下降調。在本單元中,我們先學習降調句。降調句出現在下列句型中,唸這些句子時,整句句尾語調下降:

* 陳述句(即以主詞起首的句子):

Henry is handsome.(亨利很帥。)

* 感歎句(即以 how 或 what 起首的句子):

What a lovely day (it is)!(多麼美好的一天!)

How nice you are!(你人真好!)

* 命令句 / 祈使句(即以原形動詞起首的句子):

Sit down!(坐下!)

* 特殊疑問句(即以疑問詞 who、where、why、what、when、how 等起首的問句):

Where do you live?(你住在哪裡?)

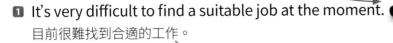

句子練習 Sentence Practice

1 It's very difficult to find a suitable job at the moment.
目前很難找到合適的工作。

2 What are you talking about?
你們在談論什麼？

3 How did you get there?
你是怎麼去那裡的？

4 Help yourself to the desserts on the table.
請隨便取用桌上的甜點。

5 What a fancy sports car!
多炫的一輛跑車！

6 How sweet you are!
你人真好！

對話練習 Conversation Practice

A What is that?

B That is a poodle.

A Where did you find it?

B I found it in my garage.

A 那是什麼？

B 那是一隻貴賓狗。

A 你在哪裡發現牠的？

B 我在我的車庫裡發現牠的。

段落練習 Paragraph Practice

I have a small family. I live together with my parents. I also have a sister. She is a college student, and she lives in Taichung alone. She has a lot of schoolwork to do every day, so she comes home once a month.

我有一個小家庭。我和我爸媽住在一起。我也有一個姐姐。她是大學生，而且她獨自一人住在臺中。她每天有很多作業要做，所以她一個月回家一次。

Ladies and gentlemen, welcome to Macy's Department Store. This is a very big shopping mall. Please always keep an eye on your children. Thank you very much.

各位女士，各位先生，歡迎來到梅西百貨公司。這是一家非常大的購物中心。請務必看好您的孩子。非常感謝。

Unit 09

語調的升降規則（二）：
升調句

　　一般疑問句（即可用 yes 或 no 回答的問句）句尾均採升調。這類問句均以 be 動詞（is、are、was、were 等）或助動詞（do、does、did、will、can、should、will、has、have 等）起首。請看以下對話：

Ⓐ Is this your book?

Ⓑ Yes, it is. / No, it isn't.

Ⓐ 這是你的書嗎？

Ⓑ 是的，這是我的書。/ 不，這不是我的書。

Ⓐ Will he go fishing with us today?

Ⓑ Yes, he will. / No, he won't.

Ⓐ 他今天會跟我們釣魚去嗎？

Ⓑ 是的，他會。/ 不，他不會。

1 Do you like to play football?
你喜歡踢足球嗎？

Did you see that girl?
你看見那個女孩了嗎？

2 Would you like a cup of coffee?
你想來杯咖啡嗎？

3 Have you seen it?
你看見它了嗎？

4 Is it 5 p.m. already?
現在已經是下午五點了？

5 Can you swim?
你會游泳嗎？

CH
5

Unit
09

朗讀 ▶

Unit 10

語調的升降規則(三): 非最終語調

　　在有些句子中,會出現語調先升後降或者先降後升的情況,我們將這種有升有降的語調稱為『非最終語調』。非最終語調通常出現在說話者表意未完整,說話中間有停頓的句子中,或是選擇疑問句和反問句中。

1 句子中出現的停頓的地方,要在停頓處用升調,然後在接下來的分句句尾用降調,如:

When John saw it, he was scared.

當約翰看到它時,他被嚇到了。

2 當列舉多個詞時,除了最後一個列舉的詞採用降調,其他詞都用升調,如:

I can play football, volleyball, and basketball.

我會踢足球、打排球和籃球。

3 在選擇性疑問句中,會採用先升後降的語調,如:

Do you want the yellow one or the green one?

你想要黃色的還是綠色的?

4 在反問句中，如果說話者對陳述部分內容並不十分確定，那麼陳述部分採用降調，反問部分採用升調，如：

Mary is going to move out next week, isn't she?
瑪麗下個星期要搬出去了，是嗎？

5 但是，在反問句中，當說話者和聽者都對陳述部分內容十分確定，那麼陳述部分和反問部分都是降調，如：

Mary is going to move out next week, isn't she?
瑪麗下個星期要搬出去了，是吧？

🎙 句子練習 Sentence Practice

1 句子停頓前後的升降

If you see him, give him this credit card.
你要是見到他，就把這張信用卡給他。

When I looked at the dog, it started barking at me.
當我看著這隻狗的時候，牠就開始朝我吠叫。

2 列舉多個詞的升降

There are some apples, oranges, grapes, and pears in the fridge.
冰箱裡有一些蘋果、柳丁、葡萄和梨子。

John speaks Chinese, English, and Japanese.
約翰會說中文、英語和日語。

3 選擇性問句

Shall we go by train or by bus?
我們坐火車還是巴士去？

Was it long or short?
它是長的還是短的？

4 對說話資訊不確定的反問句

John is coming to our party, isn't he?
約翰要來我們的派對，對嗎？

You weren't here last night, were you?
你昨晚不在這裡，是嗎？

5 對說話資訊比較確定的反問句

It's scorching hot today, isn't it?
今天熱極了，是吧？

They are not coming today, are they?
他們今天不來，是吧？

Notes

國家圖書館出版品預行編目（CIP）資料

英語輕鬆學：學好 KK 音標就靠這本！／
賴世雄作. -- 初版. -- 臺北市：常春藤有聲出版股
份有限公司, 2022.12　面；　公分.
--（常春藤英語輕鬆學系列；E65）
ISBN 978-626-7225-08-0（平裝）
1. CST：英語　2. CST：音標　3. CST：發音
805.141　　　　　　　　　111019749

常春藤英語輕鬆學系列【E65】

英語輕鬆學：學好 KK 音標就靠這本！

作　　　者	賴世雄
總 編 審	賴世雄
執行編輯	許嘉華
編輯小組	陳筠汝
設計組長	王玥琦
封面設計	謝孟珊
排版設計	王穎緁・林桂旭
錄　　　音	劉書吟
播音老師	Terri Pebsworth・Jacob Roth
法律顧問	北辰著作權事務所蕭雄淋律師
出 版 者	常春藤數位出版股份有限公司
地　　　址	臺北市忠孝西路一段 33 號 5 樓
電　　　話	(02) 2331-7600
傳　　　真	(02) 2381-0918
網　　　址	www.ivy.com.tw
電子信箱	service@ivy.com.tw
郵政劃撥	50463568
戶　　　名	常春藤數位出版股份有限公司
定　　　價	399 元

Cover Photo Credit to: 李昱呈

請沿虛線剪下，對折寄回，謝謝！

100009 臺北市忠孝西路一段 33 號 5 樓

常春藤有聲出版股份有限公司　行政組　啟

常春藤　www.ivy.com.tw

愛上英語的第一站

常春藤 英語集團

讀者問卷【E65】
英語輕鬆學：學好 KK 音標就靠這本！

感謝您購買本書！為使我們對讀者的服務能夠更加完善，請您詳細填寫本問卷各欄後，寄回本公司或傳真至（02）2381-0918，或掃描 QR Code 填寫線上問卷，我們將於收到後七個工作天內贈送「常春藤網路書城熊贈點 50 點（一點 ＝ 一元，使用期限 90 天）」給您（每書每人限贈一次），也懇請您繼續支持。若有任何疑問，請儘速與客服人員聯絡，客服電話：（02）2331-7600 分機 11～13，謝謝您！

線上填寫
免郵寄最環保

姓　　名：＿＿＿＿＿＿＿＿　性別：＿＿＿＿　生日：＿＿＿年＿＿＿月＿＿＿日

聯絡電話：＿＿＿＿＿＿＿＿　**E-mail**：＿＿＿＿＿＿＿＿＿＿＿＿＿＿

聯絡地址：□□□□□□
＿＿＿＿＿＿＿＿＿＿＿＿＿＿＿＿＿＿＿＿＿＿＿＿

教育程度：□國小　□國中　□高中　□大專／大學　□研究所含以上
職　　業：1 □學生
　　　　　2 社會人士：□工　□商　□服務業　□軍警公職　□教職　□其他＿＿＿＿

1 您從何處得知本書：□書店　□常春藤網路書城　□FB／IG／Line@ 社群平臺推薦
　□學校購買　□親友推薦　□常春藤雜誌　□其他＿＿＿＿＿＿＿＿＿＿

2 您購得本書的管道：□書店　□常春藤網路書城　□博客來　□其他＿＿＿＿＿

3 最滿意本書的特點依序是(限定三項)：□內容　□編排方式　□印刷　□音檔朗讀
　□封面　□售價　□信任品牌　□其他＿＿＿＿＿＿＿＿＿＿＿＿＿＿

4 您對本書建議改進的三點依序是：□無（都很滿意）　□內容　□編排方式　□印刷
　□音檔朗讀　□封面　□售價　□其他＿＿＿＿＿＿＿＿＿＿＿＿＿＿
　原因：＿＿＿＿＿＿＿＿＿＿＿＿＿＿＿＿＿＿＿＿＿＿＿＿＿＿＿＿

　對本書的其他建議：＿＿＿＿＿＿＿＿＿＿＿＿＿＿＿＿＿＿＿＿＿＿

5 希望我們出版哪些主題的書籍：＿＿＿＿＿＿＿＿＿＿＿＿＿＿＿＿＿＿＿

6 若您發現本書誤植的部分，請告知在：書籍第＿＿＿＿＿頁，第＿＿＿＿＿行
　有錯誤的部分是：＿＿＿＿＿＿＿＿＿＿＿＿＿＿＿＿＿＿＿＿＿＿＿＿

7 對我們的其他建議：＿＿＿＿＿＿＿＿＿＿＿＿＿＿＿＿＿＿＿＿＿＿＿